Viola Miller

Tierisch Sati(e)risch – Wesen zwischen Witz, Wahn und Wirklichkeit

Impressum:

Bibliografische Information der Deutschen Nationalbibliothek: Die Deutsche Nationalbibliothek verzeichnet diese Publikation in der Deutschen Nationalbibliografie; detaillierte bibliografische Daten sind im Internet über dnb.dnb.de abrufbar.

Copyright 2023 Viola Miller

Herstellung und Verlag: BOD – Books on Demand, Norderstedt

ISBN: 9783757800161

Umschlagfoto: Viola Miller

Wie es zu diesem Buch kam

Es war einmal in alten Zeiten, als Kinder und Jugendliche noch kein Smartphone besaßen, da konnten sich Urlaubsfahrten als sehr zäh und langweilig erweisen. Daher versuchte ich als engagierte Mutter hin und wieder, die Autofahrt durch Spiele aufzuwerten. Eines dieser sehr häufig gewählten Spiele war das Tier - ABC. Im Grunde war diese Beschäftigung sehr simpel: Man musste nur zu jedem Buchstaben des Alphabets ein passendes Tier nennen.

So einfach, so gut.

A– Affe

B- Bär

C- Chamäleon („Doch, doch, das schreibt man mit C!")

D- Dromedar

…und so weiter.

Was aber, wenn man das Spiel in mehreren Durchläufen spielen wollte? Dann musste man sich neue Arten einfallen lassen, denn sonst wäre es ja langweilig und doof gewesen.

Also:

A - Ameisenbär

B - Brillenbär („Nicht schon wieder einen Bären, außerdem gibt´s den doch nicht, Mama!")

C - Capybara („Was soll das denn sein?")

D - Degu („Was ist das?")

E - Eisfisch („Ach jaaaa, Mama!")

Merken Sie etwas? Jetzt lieferte das Spiel einigen Erklärungsbedarf.

Das Capybara zum Beispiel ist das weltgrößte Nagetier, lebt am Amazonas, ist mit dem Meerschweinchen verwandt und ebenso friedfertig wie das beliebte Heimtier. Ich konnte meine Kinder davon überzeugen, dass es diese wunderbaren, skurrilen Tiere wirklich gibt.

Immerhin habe ich es geschafft, die Drei für die Tierwelt zu begeistern. Meinen Mann nicht, aber das ist eine andere Geschichte. Wir sind immer noch verheiratet.

Irgendwann bekam ich folgende Idee:

Wenn es mir bisher gelungen war, skurrile, aber tatsächliche existierende Tierarten zu beschreiben, warum sollte mir das nicht auch bei erfundenen Tierarten gelingen?

Wo war überhaupt die Grenze zwischen wahr und erfunden, wenn man einmal bedenkt, dass Lebensräume wie der Amazonas oder die Tiefsee bislang nur lückenhaft erforscht sind und man schlichtweg nicht weiß, was sich alles in ihren Tälern, Canyons und Flussarmen tummelt?

Was bedeutet überhaupt *skurril* angesichts der Tatsache, dass der Eisfisch ein Frostschutzmittel in seinem Körper produziert, das ihn daran hindert, zwischen den Eisschollen im Südpolarmeer festzufrieren?

So begann ich Tierarten zu beschreiben, leicht zu lesen, mit merkwürdigen lustigen Anekdoten begleitet. Manche dieser Tiere existieren real, manche habe ich einfach nur dreist erlogen. Als „Versuchskaninchen" (wir bleiben beim Thema) musste wieder einmal meine Familie herhalten. Ich las meinen Lieben all die kurzen Artikel über Riesen-Blutegel, Chinesische Seidenhamster, Riesenchinchillas und Vampirkraken vor. Immer stellte ich zum Abschluss die Frage:

Wahr oder erfunden?

Kaum jemand bei mir daheim konnte diese Frage sicher beantworten. Nicht, weil es meinen Lieben an biologischem Wissen gemangelt hätte, eher war das Gegenteil der Fall.

Doch das Leben mit all seinen Ausprägungen ist derart vielfältig und merkwürdig, wie es sich eine durchgeknallte Autorin kaum ausdenken kann.

Folgen Sie mir nun in das Universum der Wesen zwischen Witz und Wirklichkeit.

Raten Sie, vertrauen Sie Ihrem Urteilsvermögen und lassen Sie - vorerst - das Smartphone aus der Hand.

Viel Spaß!

1. Kapitel

Verrückte Tiere in der Geschichte

„Was soll schon passieren, ich lauf´ mal zu den zweibeinigen komischen Typen rüber und schnorre ein paar Knochen!", dachte sich einst ein schlanker, grauer, majestätischer Wolf – und endete einige Jahrtausende später als kläffender Yorkshire-Terrier in einem plüschigen Wohnzimmer mit einem albernen glitzernden MY PRINCE-Halsband.

Um bei der Wandlung vom Wolf zum Hund zu bleiben:

Friedrich der Große liebte seine Windhunde und wollte neben ihnen beerdigt werden (nicht neben seiner Ehefrau). Ob diese eleganten Tiere den Preußenkönig liebten, werden wir nie erfahren.

Worauf will ich mit dieser historischen Randbemerkung hinaus?

Die Beziehung zwischen Tier und Mensch ist uralt und von verschiedensten Gefühlen und Absichten geprägt, sei es Bewunderung, Abhängigkeit, Liebe, Interesse, Abscheu, Hass oder Ausbeutung.

Womöglich ist unsere Beziehung zu Tieren (die unsere Erde schon lange vor unserer menschlichen Existenz bewohnten) eher einseitig.

Der Kriminalbiologe Dr. Mark Benecke antwortete auf die Frage, was geschehen würde, wenn wir vor unseren geschätzten tierischen Mitbewohnern stürben, nur knapp und sachlich:

„Kalorien sind die Währung unserer Welt. Katzen sind Feinschmecker. Sie fressen zuerst die Lippen."

Wir Menschen als Krone der Schöpfung - diese Sichtweise gilt als überholt.

Lernen Sie mit dieser Kränkung zu leben.

Trotzdem wünsche ich viel Spaß bei meinen kleinen Fallbeispielen durch die tierisch-menschliche Geschichte.

Die Apennin-Eisziege (Capra glacialis)

Wer glaubt, dass erst die heutige Zivilisation eine Fülle von Tierarten auf dem Gewissen hat, der irrt sich gewaltig.

Die Ausrottung bedauernswerter Tierarten geht bis in die Antike zurück.

Kaiser Nero, durch und durch römischer Aristokrat, angeödet von einfachen Genüssen wie Feigen oder Datteln mit Honig, ließ sich große Mengen an Eis aus dem Apennin-Gebirge bis nach Rom bringen, damit seine Köche ihm daraus eine Vorform unseren heutigen Speise-Eises zubereiten konnten. Nun muss man sich diese Süßspeise ein wenig anders als unsere Lieblings-Eiscremes vorstellen: Vanille und Schokolade kannten die Römer damals noch nicht und auch die Verwendung von Sahne war nicht üblich. Eher ähnelte Kaiser Neros Gaumenkitzel einem heutigen Sorbet, dekoriert mit Veilchen- und Rosenblüten, äußerst erfrischend im heißen römischen Sommer.

Doch wie war es damals möglich, Eisblöcke von den Höhen des Apennin-Gebirges bis ins etwa vierhundert Kilometer entfernte Rom zu schaffen?

Nun, das Leben von Sklaven zählte damals wenig. Noch weniger zählte das Leben der Apennin-Eisziege. Diese Ziegenart, die von dem römischen Naturforscher

Plinius dem Älteren als äußerst sanftmütig und genügsam beschrieben wurde, musste ihr Leben für den Eis-Hunger des unbeliebten römischen Kaisers lassen.

Ähnlich wie Gämse lebten Eis-Ziegen in den kalten Höhenregionen des Apennin-Gebirges. Ihre tägliche Nahrung bildeten Moose und Flechten, die sie unter Schnee und Eis vorfanden. Dazu scharrten und klopften sie mit ihren mächtigen Hufen, sodass sich dicke Eisplacken vom Boden lösten. Irgendwann muss ein geschäftstüchtiger Hirte diese Fähigkeit der wildlebenden Ziegenart beobachtet und damit ihren Untergang eingeläutet haben. Spätestens ab dem Jahr 55 nach Christus muss die systematische Jagd auf die Eisziege begonnen haben. Die bedauernswerten Geschöpfe setzten sich weder zur Wehr noch flüchteten sie vor den römischen Jägern; stattdessen versuchten sie, ihren bedrängten Artgenossen beizustehen.

Was nun geschah, war eine beispiellose Versklavung der friedfertigen Bergbewohner.

Durch Drill und Misshandlung wurden die Tiere dazu gebracht, Eisklotz um Eisklotz aus der Gletscherwelt des Apennin-Gebirges zu lösen. Das Eis wurde anschließend in dicke Schichten aus Leder und Stroh gepackt, auf dem Rücken der Ziegen festgeschnallt und die Tiere mit der oft zentnerschweren Last mit Peitschenschlägen nach Rom getrieben.

Nahezu jede Eisziege verendete in der römischen Hauptstadt, sei es aufgrund von Entkräftung, sei es wegen des ungewohnten heißen Klimas.

„Mir egal!", wird sich wohl Kaiser Nero gedacht haben, der von seiner Mutter Agrippina gleichermaßen tyrannisiert und verhätschelt wurde, „ich will mein Eis!"

Die Kadaver der toten Eisziegen landeten meist bei den Löwen des Kolosseums oder auch in den Kesseln der Plebejer (eine ebenfalls wenig schmeichelhafte antike Entsprechung für die heute abwertend benannte Personengruppe der „Prolls" oder „Assis").

Spätestens im Jahr 59 n. Chr. war die Eisziege ausgerottet. Wurde die Ankunft der schwer beladenen Tiere von Nero laut dem römischen Chronisten Gaius Ponticus stets mit dem Ausruf „Da sind ja meine Agrippinas!" begrüßt, so finden sich nach 59 keinerlei Hinweise auf die Bergziegen in der römischen Hauptstadt mehr.

Bis heute fehlt von der Apennin-Eisziege jede Spur. Einzelmeldungen von Bergsteigern wurden stets als Gämse identifiziert.

Ab 59 n. Chr. mussten (menschliche) Sklaven das Herausschlagen der Eisplacken übernehmen.

Bezeichnenderweise starb auch im Jahr 59 Kaiser Neros Mutter Agrippina durch einen Mordanschlag, der mit großer Wahrscheinlichkeit von ihrem dekadenten, Eis lutschenden Söhnchen angezettelt worden war.

Eine versklavte antike Ziegenart, wahr oder erfunden?

Wer die eigene Mutter ermorden lässt, der wird sich wohl kaum Gedanken über das Leben von Eisziegen machen, oder?

Nun, man kann Kaiser Nero alles Mögliche anlasten, die Christenverfolgung, die Ermordung der berüchtigten Agrippina, angeblich auch den Brand Roms, doch mit dem Aussterben der Eisziegen hat er nichts zu tun – da es sie nie gegeben hat!

Tatsche ist, dass die römische Aristokratie nur allzu gerne Eis schleckte. Auf das Wohl der Sklaven, die die Eisblöcke herbeischaffen mussten, wurde genauso wenig geachtet wie beim Bau des Forum Romanums, des Kolosseums, der Via Appia... Diese Reihe ließe sich noch unendlich fortsetzen.

Hätten die Eisziegen jemals existiert, wäre eine Ausrottung durch die Römer durchaus möglich gewesen, da diese „Hoch"kultur schon vor über 2000 Jahren munter Wälder abholzte, Moore trocken legte,

Tiere aus fernen Ländern zu Unterhaltungszwecken im Circus Maximus niedermetzelte und genüsslich Flamingozungen und Straußenhirne bei zahlreichen Gelagen verspeiste. Allein für die dunkelrote Toga eines römischen Herrschers mussten über zehntausend Purpurschnecken ihr Leben lassen.

Wen hätte da schon das Schicksal einer Bergziegenart gekümmert?

Der Chinesische Seidenhamster (Mesocricetus sinensis habsburgensis)

Hoffentlich tröstet dies viele Frauen: Die Sorgen um die gute Figur ist uralt. Auch die junge französische Königin Marie Antoinette, vor der Geburt ihrer Kinder noch von magerer Statur, versuchte vor über 250 Jahren, ihrem Ehemann und König zu gefallen. Zum Zeitpunkt ihrer Verlobung gerade einmal fünfzehn Jahre alt und krank vor Heimweh, brachte die junge Marie Antoinette kaum einen Bissen herunter. Ein Drama, da in ihrer Zeit zwar ein schmale Taille, aber auch ein üppiges Dekolleté als begehrenswert galt. Der ganze französische Hof lästerte nun über das junge Mädchen, das zuvor seiner Wiener Heimat entrissen worden war.

Doch der spanische Abenteurer und Naturforscher Meso Cricetus brachte der verzweifelten jungen Dame endlich eine Lösung ihres Problems: Bei einem privaten Treffen im Gemach der hübschen Wienerin präsentierte er ihr zwei entzückende, seidenweiche Nagetiere, die er in den Weiten der chinesischen Steppen eingefangen hatte. Die zarte Marie Antoinette, aus dem Adelsgeschlecht der österreichischen Habsburger stammend, presste die kleinen Pelztiere sofort erfreut an ihre flache magere Brust. Aus dieser Zuneigung entstammt auch der

Zusatz *habsburgensis* im wissenschaftlichen Namen des kleinen Pelzträgers.

Das seidenweiche, cremeweiße Fell, das die gleiche Farbe wie Marie Antoinettes helle Haut hatte, regte die junge Frau an, die beiden Chinesischen Seidenhamster eingeschnürt in ihrem Mieder zu tragen. Da Hamster nachtaktiv sind, störte diese Behandlung die beiden Nagetiere nur wenig. Sie verschliefen den Tag angenehm an der siebenunddreißig Grad warmen menschlichen Haut Marie Antoinettes. Die französischen Hofdamen bemerkten bald die Veränderung der Figur ihrer Herrin. Chinesische Seidenhamster im Mieder zu tragen, wurde bald zur großen Mode am französischen Hof.

Bald darauf erhielt jedoch Marie Antoinettes Koch das Rezept für das Leibgericht der jungen hübschen Königin. Es war der österreichische Guglhupf, reich an Zucker, weißem Mehl und Fett, der die Königin bald beträchtlich zunehmen ließ. Da die Königin aufgrund der Delikatesse aus ihrer Wiener Heimat schnell ihr eng geschnürtes Mieder prall ausfüllte, hatte der Chinesische Seidenhamster nun keine Aufgabe mehr. Glaubt man dem Tagebuch Marie Antoinettes, wurde der letzte Chinesische Seidenhamster, bekannt unter dem Namen *Madame Klops*, einfach in die Palastgärten entlassen.

Heute ist der Chinesische Seidenhamster als Heimtier nahezu unbekannt, da in den Zoohandlungen meist Gold- und Zwerghamster angeboten werden. Dabei lohnt sich die Anschaffung eines Chinesischen Seidenhamsters durchaus. Da er aus dem kargen trockenen Grenzgebiet zwischen China und der Mongolei stammt, lebt der Chinesische Seidenhamster sehr genügsam. Er benötigt ähnlich wie der Goldhamster Körner, Nüsse und Trinkwasser. Als Frischfutter bevorzugt der Chinesische Seidenhamster Salat und Wildkräuter. Saftiges Obst kommt in seiner Heimat kaum vor und wird meistens liegen gelassen.

Ihren Namen erhielt diese Hamsterart durch ihr besonders weiches und glänzendes Fell. Die Naturfärbung ist hell cremefarben. Es gibt mittlerweile auch schwarze Farbzüchtungen, die sich leider aber nicht so widerstandsfähig wie die Wildform erweisen. Die Lebenserwartung übersteigt die des Goldhamsters um etwa ein Jahr; so werden Chinesische Seidenhamster bis zu vier Jahre alt. *Mesocricetus sinensis habsburgensis* wird ein wenig größer als ein Goldhamster. Bei allzu guter Fütterung neigt er zu einer schnellen Gewichtszunahme, was durchaus an die letzte französische Königin erinnert.

Im Gegensatz zu allen anderen Hamsterarten lässt sich der Chinesische Seidenhamster am liebsten als Paar halten. Dies dachte sich wohl auch die junge Königin, die jeweils auf der linken und rechten Brustseite ihres Mieders einen Seidenhamster bei sich trug.

Ein seidenweiches Nagetier, getragen im Mieder der letzten französischen Monarchin?

Wahr oder erfunden?

Dreist gelogen! Grundsätzlich sind alle Hamster Einzelgänger, die sich nur zur Paarung zusammenfinden. Ist die Zeugung der Nachkommen erfolgt, verjagt das Weibchen das Männchen mit entschlossenen Bissen. Allein dieser Umstand hätte die junge französische Königin vor Entsetzen zusammen zucken lassen, hätte sich eine solche Auseinandersetzung in ihrem Mieder zugetragen.

Einen Chinesischen Seidenhamster gibt es biologisch gesehen nicht. Manchmal muss dieser Name als klangvolle Handelsbezeichnung für den Dsungarischen Zwerghamster oder den Campbell-Zwerghamster herhalten. Zoohändler sind oft sehr geschäftstüchtig.

In der Zoologie unterscheidet man in Zwerghamster, Mittelhamster (hierzu zählt der allseits beliebte Goldhamster) und in eine einzige, weltweit am größten gewachsene Hamsterart, dem Europäischen

Feldhamster, der immerhin fast so groß wie ein Meerschweinchen wird.

Zur Person Marie Antoinettes muss man hinzufügen, dass die lebenslustige Wienerin durchaus auch nachtaktiv sein konnte, denn sie liebte Bälle, Kartenspiel und Opernaufführungen. Dies hätte nicht zur ebenfalls nachtaktiven Lebensweise aller Hamsterarten gepasst.

„Darf ich Sie zu einem Tanz auffordern? Mon Dieu, was krabbelt da in Ihrem Ausschnitt, Madame?"

Peinlicher hatte es für Marie Antoinette während ihrer zahlreichen Maskenbälle kaum werden können.

Der Vampir-Oktopus (Vampyrotheutis infernalis)

Berlin, 1899

„Nanu, sagen Se mal, wat is denn ditte?", fragte der letzte deutsche Kaiser Wilhelm II. in seinem bekannten Berliner Dialekt.

In Alkohol eingelegt, schwamm in einem großen Einmachglas ein merkwürdiges Lebewesen.

„Det is wie´n Vampir, direkt aus der Hölle, wa? Schaun Se sich mal den Umhang an, den det Vieh, wie soll ick sagen, zwischen seinen Ärmchen hat!", lachte der Kaiser amüsiert.

In der Tat sah der Tintenfisch, der auf der ersten deutschen Tiefseeexpedition eingefangen und in Alkohol eingelegt wurde, sehr merkwürdig aus. Er war von rötlicher Farbe; zwischen seinen acht Fangarmen spannten sich Hautfetzen, die ein wenig wie der Umhang eines Vampirs aussahen.

„Ick würde ja nich so blöde kieken, wenn man mir von Kopf bis Fuß in Schnaps einlegen würde!", sagte Seine Majestät grinsend mit Blick auf das leicht schielende Weichtier.

„Öch-mmm!", hustete der kaiserliche Leibdiener. Wie blöd der Kaiser schon *gekiekt* hatte, wenn er mal so richtig in Schnaps *einjelegt* worden war! Wenn das all die Geheimräte, Justizräte und Landjunker wüssten…

„Wenn ick dit in meiner Wenigkeit als Kaiser mal so sagen dürfte, so mit meinem Latein aus der Schule, wa:

Da würd´ ick det Vieh *Vampyrotheutis infernalis* nennen, det is nüscht anderes als Vampirtintenfisch aus der Hölle. Wat mir det Vieh graust, erst mal eene roochen!"

Der Kaiser ließ sich von seinem Diener eine Zigarette anzünden.

Genüsslich blies Wilhelm der Zweite blaue Rauchwolken aus.

„Det hätt´ ick mir nie träumen lassen, det da unten noch Leben ist!", sagte der Kaiser und zog erneut an seiner Zigarette.

Der kaiserliche Leibdiener konnte sich ein Grinsen nicht unterdrücken. Da unten, bei dem Kaiser zumindest, da lebte noch so einiges. Hauptsache, die Kaiserin, genannt die Dona, erfuhr nichts davon…

„Wollen Ihre Majestät einen lebendigen *Vampyrotheutis infernalis* mit auf das Berliner Schloss nehmen, als Aquariengast im königlichen Schlafzimmer?", fragte der Meeresforscher, der eben das in Alkohol eingelegte Meerestier dem interessierten Kaiser präsentiert hatte.

„Nee, so 'nen echten, lebendigen Vampirkraken, det im Schlafzimmer bei meiner Guste, also meener Dona, verstehn Se, dat jeht nich jut!", winkte der Kaiser ab.

„Und wenn det dann noch der König Edward von England und der Niki von Russland erfahren, det ick so 'nen Kraken im Schlafzimmer hab, dann wollen die det ooch, und det jibt Krieg!", lachte der Kaiser.

„Das ist ein Tiefsee-Wesen, der würde bei Ihnen im Schlafzimmer nicht überleben. Verzeihen Sie mir meinen abgründigen Humor, Majestät!", kicherte der Meeresforscher.

„Ach so!", lachte der Kaiser auf, „beinahe hätten Sie mir dranjekriegt, wa?"

„Sagen Se mal", hakte der Kaiser nach, „wat frisst so'n Ding eijentlich?", nachdem er seine Zigarette aufgeraucht hatte.

„Dentritus, also Tiefseeschnee!", antwortete der Meeresforscher. Der Kaiser zog ratlos seine Augenbrauen hoch.

„Verweste Tiere- und Pflanzenteile, die von oben herab in die Tiefsee fallen, so gesehen Aas!", antwortete der Meeresforscher pflichtbewusst. Seine Majestät Kaiser Wilhelm der Zweite hatte viel Geld für die erste deutsche Tiefsee-Expedition zur Verfügung gestellt.

„Bah, det is ja widerlich!", schimpfte der Kaiser und ließ sich eine zweite Zigarette anzünden.

„Hm, wie groß wird so een Kamerad? Ick bau ja gerade meene Flotte aus, vielleicht kann man den Vampirkraken mal so zur Abschreckung herum schwimmen lassen, neben so nem schicken U-Boot, wat ick mir noch bauen will! Macht doch wat her, wa?", fragte der Kaiser und zwinkerte belustigt.

„Also Majestät, ähm, wir haben bisher nur den Einen gefangen, aber ich würde schätzen, dass dieses Tier seine Maximalgröße erreicht hat. Ich kann mir nicht vorstellen, dass diese Art größer als dreißig Zentimeter wird. Zudem lehne ich es entschieden ab, Wildtiere für militärische Zwecke abzurichten!", entgegnete der Forscher entrüstet.

Wilhelm der Zweite ließ sich gut gelaunt eine dritte Zigarette anstecken; kurz darauf entstiegen zwei bläuliche Rauchkringel aus seinem Mund.

„Naa, jetzt hab ick Se aber hinter's Licht jeführt!", lachte der Kaiser.

Der Wissenschaftler blickte beschämt unter sich.

„Ick muss nu wieder. Jute Arbeit, diese Tiefsee-Expedition, jute Arbeit! Ick muss nur jetzt wieder anne Spree, ein paar Aale für meine Flotte abrichten, ha-ha!", sagte der Kaiser fröhlich und klopfte dem

Wissenschaftler auf die Schulter. Der Meeresforscher knickste unterwürfig.

„Naja!", flüsterte er nach einigen Minute seinem eingelegten Tiefsee-Tintenfisch zu, „acht funktionierende Arme, da hast du dem Kaiser schon einiges voraus!"

Vampirotheutis infernalis, Vampirtintenfisch aus der Hölle, ist das nicht ein wenig zu dick aufgetragen? Wahr oder mal wieder dreist erfunden?

Tatsächlich wahr. Darauf würde ich meinen Goldhamster verwetten, der mir gerade beim Schreiben auf der Schulter herumklettert (siehe hierzu das Kapitel über den Chinesischen Seidenhamster).

Nein, im Ernst. Die erste deutsche Tiefsee-Expedition fand 1898 statt und lieferte viele biologische Proben, die erst Jahrzehnte später vollständig ausgewertet werden konnten. Die Route der so genannten „Expedition Valdivia" umfasste den Atlantik und den Indischen Ozean. Kaiser Wilhelm, der leider durch den Ersten Weltkrieg nicht in bester Erinnerung geblieben ist, erwies sich vor 1914 als großer Förderer der Wissenschaft, so auch dieser Tiefsee-Expedition.

Das Gespräch zwischen Kaiser und Meeresforscher über den Tiefsee-Kraken *Vampyrotheuthis infernalis* ist aber frei erfunden.

Tatsache ist jedoch, dass Vampyrotheutis infernalis bei der ersten deutschen Meeres-Expedition erstmals entdeckt wurde. Die Häute zwischen seinen Fangarmen, die mit etwas Phantasie einem Vampir-Umhang gleichen, verhalfen dem rötlichen Weichtier zu seinem theatralischen Namen.

Über acht funktionierende Arme hätte sich Wilhelm der Zweite sehr gefreut, schon mit zwei gesunden Armen wäre er zufrieden gewesen.

Leider war der linke Arm des letzten deutschen Kaisers durch einen Geburtsfehler schwer geschädigt. Die dominante und äußerst willensstarke Mutter des kleinen Thronfolgers, Victoria von Großbritannien und Irland, legte diesen Umstand als Zeichen von Schwäche aus.

In seiner Kindheit wurde der kleine Wilhelm sogar mit Stromstößen gequält, in der Hoffung, dass durch diese äußerst robuste Behandlung der linke Arm wieder gesund werden könnte.

Doch das Gegenteil war der Fall und Klein-Willi wurde zu Größenwahn-Wilhelm, dessen betont männlich-markante Dominanz zur Katastrophe des 20. Jahrhunderts beitrug.

Kapitel 2

Entzückende Heimtiere?

Ein Leben ohne Mops ist möglich, aber sinnlos, sagte einst Loriot.

Ich würde dieses Zitat ein wenig erweitern: Ein Leben ohne Heimtiere ist möglich, aber sinnlos. Schon seit meiner frühen Kindheit brachte ich alles nach Hause, was meinen Beschützerinstinkt reizte und was Federn, Fell oder Schuppen hatte.

Trächtige Meerschweinchen, höchstwahrscheinlich tollwütige Waschbären, apathische Geckos, nahezu kahle Stadttauben, aus dem Nest gefallene Amselküken, all diese Wesen mussten doch irgendwie von mir gerettet und versorgt werden. Meine Eltern erwiesen sich bezüglich meiner Tierhaltungsneurose als bemerkenswert tolerant. Anders jedoch meine Großmutter, eine Art Dinosaurier-Exemplar aus der fernen Kaiserzeit, die mit uns zusammen mit all diesen bizarren Kreaturen unter einem Dach lebte. Mein Versuch, eine frischgebackene Meerschweinmama samt Nachwuchs auf Omis rotem Samtsofa zu präsentieren, endete mit einem Rauswurf aus dem großmütterlichen Wohnzimmer.

An diesem Beispiel lässt sich aufzeigen, dass es eben höchst subjektiv ist, welche Tiere wir als liebenswert, interessant und ästhetisch empfinden, sodass wir uns mit ihnen umgeben wollen.

Im Falle meiner hoch betagten Oma waren es nur Tiere, die auf dem Teller landen, als Pelzmantel, Schlangenlederbörse oder als Schildpattkamm hätten dienen können.

Zwei durchgestandene Weltkriege können Menschen so verdammt hart werden lassen.

Doch ich, das Wohlstandskind aus dem Jahre 1981, verschwendete gedankenlos Eier für den Igel im Garten, Körner für meine eigene Stadttaubenhilfe, Unmengen an Fleisch für zugelaufene Katzen und mitten im Winter frisches Gemüse an vermehrungsfreudige Nagetiere.

Je einzigartiger, je schräger die Tiere waren, die zu Hause angeschleppt wurden, desto glücklicher war ich. Der hellbraune Dackelmischling, den ich nach Herzenslust herumtragen und verkleiden durfte, wurde in meiner Heimatstadt das *gelbe, eklige Ding* genannt. Es war mir egal.

Voller Inbrunst teilte ich einst als Fünfjährige meiner Mutter mit, dass ich Asta, das besagte gelbe eklige Ding, genauso doll wie meine Oma lieben würde. Ich fand dies damals verdammt großzügig, doch ich kassierte für diese Bemerkung eine gewaltige Predigt.

Hatten wir Oma nicht auch in unser Haus aufgenommen, genauso wie den Dackelmischling, den Igel, die Katze, das trächtige Meerschweinchen?

Vielleicht teilt ihr meine Vorliebe für außergewöhnliche Hausgenossen und lasst euch begeistern von glitschigen, wuscheligen und bizarren Mitbewohnern.

Mexikanischer Querzahnmolch oder Axolotl

(Ambystoma mexicanum)

Ein Haustier, dessen Beine immer wieder nachwachsen können – wenn das nicht mal der Traum eines Fleischessers ist!

Tatsächlich fragte mich einmal ein kleiner Junge aus der Nachbarschaft, ob man nicht von einem Schwein hin und wieder ein Stück abschneiden könnte, dann müsste man für ein paar Schnitzel nicht gleich das ganze Tier schlachten. Der kleine Junge wurde daraufhin von seinem großen Bruder ausgelacht.

Ich erklärte ihm, dass man auf diese Weise dem Schwein heftige Verletzungen beibringen würde, an denen es wahrscheinlich verbluten würde.

Da mir der ausgelachte Junge jedoch leid tat (es gibt keine dummen Fragen, nur dumme Antworten), zeigte ich den beiden Geschwistern unser ganz spezielles Haustier.

Unser ältester Sohn hat in seinem Zimmer ein Aquarium, in dem sich bereits der zweite Axolotl befindet. Diese mexikanische Molchart besitzt die Fähigkeit, dass ihr Schwanz oder auch ihre Gliedmaßen nachwachsen können, falls sie von einem Fressfeind abgebissen werden sollten. Da der Axolotl essbar ist (er soll nach Aal schmecken), könnte man bei diesem

Aquarientier durchaus von einer nachwachsenden Delikatesse sprechen. Nur, bitte, bitte, seht diesen Satz als einen meiner geschmacklosen Scherze an!

Einem Axolotl die Gliedmaßen oder den Schwanz abzutrennen, nur um zu schauen, wie sie wieder nachwachsen, das ist eindeutig Tierquälerei!

Wahr oder erfunden?

Ein nachwachsendes, essbares Aquarientier, wäre das nicht DAS Haustier für Sparsame?

Vorausgesetzt, dass sich das gelegentliche Abknapsen von Gliedmaßen überhaupt kulinarisch lohnt (ethisch wäre es sowieso fragwürdig).

Nun, zumindest wird der mexikanische Axolotl in diversen Forschungslaboren gerade wegen seiner Fähigkeit zur Regeneration von komplexen Körperteilen gehalten und untersucht.

Seine Regenerationsfähigkeit ist aber auch ein Teil des Dramas, das sich mit dieser Art ereignet hat, die leider mittlerweile fast nur noch in Aquarien zu Hause ist.

In seiner Heimat, den wenigen noch erhaltenen Seen in und um Mexico City, gilt der Axolotl bereits als beinahe ausgerottet. Dies ist leider der Trockenlegung einiger Seen, der Umweltverschmutzung, dem wohlschmeckenden Fleisch des Axolotls sowie auch dem Aberglauben geschuldet. Die mexikanische Bevölkerung nahm an, dieser besondere Molch sei ein Mittel für die ewige Jugend, da bei ihm abgetrennte Schwänze und Gliedmaßen eigenständig nachwachsen.

Die Arterhaltung dieses bis 28cm langen Molches erfolgte durch Aquarienhaltung in privaten Haushalten und in Forschungslaboren.

Grundsätzlich ist der Axotlotl recht einfach zu halten. Er benötigt kühles, hartes Süßwasser und auf dem Boden des Aquariums einen höhlenartigen Unterschlupf. Der mexikanische Molch ist ein Beutegreifer. Wenn ihr glaubt, ihr könntet euer Aquarium mit einigen Guppys oder Neonfischchen verschönern, werdet ihr euch bald wundern, wie schnell die Tierchen wieder aus eurem Aquarium verschwunden sind. Ihr könnt euren Axolotl mit rohem Fisch (von Süßwasserfischen), rohem Fleisch, Regenwürmern, Mehlwürmern und Mückenlarven füttern - oder eben auch mit Axolotlfleisch. Tatsächlich sind manche Tiere Kannibalen und verspeisen den nächstkleineren Aquarien-Kumpel.

Eine Besonderheit dieser Molche ist, dass sie ihr Leben lang als Larve im Kiemenstadium verbringen, dennoch aber geschlechtsreif werden. Sie behalten ihre Kiemenäste seitlich des Kopfes und wagen im

Gegensatz zu den meisten anderen Lurcharten keinen Landgang.

Das Patagonische Riesen-Chinchilla

(Chinchilla gigantis patagonensis)

„Boah, das is´ ja sooo süß! Das sieht ja aus wie ´ne Riesen-Plüschmaus von der Rummelbude!", schreit Jamie voller Begeisterung. Die so genannte „Riesen-Plüschmaus" zuckt merklich zusammen. Tatsächlich sieht das Wesen in dem großen, offen stehenden Käfig wie eine übergroße Kreuzung aus Maus und Mützenbommel aus. Es ist etwa so groß wie ein gut gemästetes Stallkaninchen und sein silbergrau-fluffiger Pelz würde jede Pelzjackenträgerin glücklich machen. Doch das Süßeste sind die Augen: Riesengroß, pechschwarz und glänzend, nehmen sie den Großteil des Gesichtsfeldes ein und scheinen Allen zuzurufen:

„Nimm mich mit! Hab mich lieb!"

„Ja, das ist unser allerbestes Ausleih-Objekt. Ihr könnt euch Puschli-Wuschli gleich mitnehmen. Ein normaler Kaninchenkäfig in der Wohnung reicht völlig aus, sofern ihr die Käfigluke offen lasst. Puschli-Wuschli liebt es, ihre Umgebung zu erkunden, vor allem Kinderzimmer haben es ihr angetan!", erklärt Herr Krämer, Inhaber des Unternehmens „Rent a Chinchilla" freundlich lächelnd.

„Ich habe ja schon so viel gemacht", beginnt der Unternehmer, „immer wieder habe ich Pech gehabt.

Das erste Start-Up, zuckerfreies Schleheneis und auch meine schwäbische Austernzucht am Bodensee, das ging alles daneben. Aber das jetzt hier, Patagonische Riesen-Chinchillas an Familien zu vermieten, die sich noch nicht sicher sind, ob sie ein Haustier überhaupt wollen, das ist die Idee! Es läuft super!"

Jamies Vater nickt zufrieden. Ein Kollege hatte ihm „Rent a Chinchilla" empfohlen.

„Nun, ihr müsst bei Puschli-Wuschli ein paar Dinge beachten. Sie frisst ganz normales Wiesenheu, aber getrockneten Klee verträgt sie überhaupt nicht. Der kann aber im Wiesenheu durchaus vorkommen, darum müsst ihr den getrockneten Klee aussortieren, denn sonst bekommt Puschli-Wuschli schlimmen Durchfall. Weil aber in unserem Wiesenheu nicht die Kräuter aus Puschlis Heimat vorkommen, braucht sie zusätzliche Vitamintropfen. Es kann durchaus sein, dass sie beißt, wenn ihr Puschli die Tropfen ins Maul träufeln wollt. Sie hasst das Zeug. Alle drei Tage wird Puschli brünstig...."

„Hä?", unterbricht Jamie Herrn Krämers Erklärungen.

„Na, dann will Sie Babys mit einem Chinchilla-Mann machen. Es kann in dieser Zeit etwas lauter werden, weil sie mit ihren Paarungsrufen Chinchilla-Männer anlocken will. Ihr Urin, also ihr Pipi, riecht dann auch etwas anders, aber daran gewöhnt man sich!", antwortet der Unternehmer, dem Jungen zugewandt.

„Krieg ich noch einen Chinchilla-Mann dazu? Das wär doch voll süß, so Chinchilla-Babys", quengelt der Junge.

Herr Krämer winkt ab.

„Das mach ich nicht mehr. Riesen-Chinchillas fressen ihre Babys auf, wenn sie sich gestresst fühlen. Und das kann in fremder Umgebung schnell passieren. Einmal, auf so einem Kindergeburtstag, da hat ein Kind gerufen: Guck mal, die Riesenmaus frisst kleine rote Gummibärchen! Das waren aber keine Gummibärchen. Da war der Kindergeburtstag gelaufen!"

„Uhhh!" Die Mundwinkel von Vater und Sohn verziehen sich nach unten.

„Nun, aber an einem einzelnen Riesen-Chinchilla wirst du viel Freude haben. Es sind doch jetzt bald Weihnachtsferien, nicht wahr? Dann darfst du auch sicher länger aufbleiben und kannst Puschli-Wuschli beobachten. Sie ist hauptsächlich nachtaktiv!", preist Herr Krämer sein Ausleih-Heimtier an.

„Wie lange wollen Sie Puschli-Wuschli denn behalten?", fragt der Unternehmer Jamies Vater.

„Ich würde sie Ihnen gerne am 2. Januar wiederbringen", antwortete dieser.

Der Unternehmer nickt und packt das Riesen-Chinchilla in eine rosa Transportbox, aus der kurz darauf ein unheimliches Fauchen ertönt.

Für einen kurzen Moment haben Vater und Sohn den gleichen Gedanken:

Womöglich könnte die Zeit mit Puschli-Wuschli etwas schwierig werden.

Als Puschli-Wuschli in derselben rosa Transportbox am 2. Januar wie abgesprochen wieder zurück zu ihrem Besitzer gebracht wird, ist Jamie nicht dabei.

„Mein Sohn hatte keinen Bock mehr!", erklärt der Vater. Er sieht erschöpft, aber zufrieden aus.

„Dann wurde das Ziel ja erreicht!", freut sich Herr Krämer, „gut gemacht, Puschli-Wuschli!"

Seufzend beginnt der Vater seine Erzählung:

„Also, die Feiertage waren komplett im Eimer. Am ersten und zweiten Tag der Weihnachtsferien hat Jamie noch den Klee aus dem Wiesenheu herausgepickt, doch am dritten Tag war ihm das schon zu mühsam. Da war dann schon der 24. Dezember, die Geschenke lagen unter dem Weihnachtsbaum. Puschli-Wuschli hatte Ausgang (oder hatte mein Sohn einfach die Käfigluke aufgelassen, ich weiß es nicht). Jedenfalls hatte das Vieh Durchfall und die Geschenke hat es komplett vollgesch…., also Sie können es sich ja denken.

Am ersten Weihnachtstag hatte Puschli dann ihre Paarungslaune, und dieser Lärm, dieses durchdringende MIEEK, MIEEEK, MIEEK, zwei Nächte lang, das war kaum auszuhalten.

Danach war sie zwei Tage etwas schlapp. Wir haben dann gedacht, sie bräuchte ihre Vitamine. Da hab ich zu Jamie gesagt, du wolltest das Vieh haben, jetzt mach auch mal! Ja, Puschli mag ihre Vitamine wirklich nicht… Wir mussten Jamie in die Notaufnahme bringen. Die Bisswunde wurde mit zwei Stichen genäht. An den Gestank von dem Urin hatten wir uns fast schon gewöhnt, dann kam meine Schwiegermutter zu Silvester zu Besuch. Da war es auch schon wieder Zeit für Puschlis zweite Geilheits-Attacke, wenn ich das mal so sagen darf. Das Gezeter von Schwiegermuttern und die Brunftschreie, das war zusammen kaum noch auszuhalten. Jamie wollte Puschli schon längst abgeben, aber ich wusste ja, dass Sie am 31. 12. und am 1.1. geschlossen haben."

„Stimmt ja auch!", bestätigt Herr Krämer.

„Die schlimmsten Feiertage meines Lebens, aber das Ziel wurde erreicht. Jamie nervt mich jetzt nicht mehr mit seinem Genöle, dass er ein Haustier haben will. Einen Hamster, einen Hund, ein Meerschweinchen, dies und das, wie er gerade Bock hatte. Kein Wort mehr davon! Ab jetzt können wir ihn wieder vor der Konsole und dem Fernseher abschieben, wie andere Eltern das auch machen. Diese Ruhe!", freut sich der Vater und atmet einmal kräftig durch.

„Freut mich, mit Ihnen Geschäfte gemacht zu haben!", antwortet Herr Krämer, „empfehlen Sie mich bitte weiter!"

Puschli-Wuschli hüpft wieder aus der Transportbox in ihren Käfig.

„Dabei brauchst du die Vitamine gar nicht, aber du beißt immer so schön, wenn du sie bekommst", flüstert Herr Krämer dem pummeligen Nagetier zu, als Jamies Vater aus der Tür von „Rent a Chinchilla" in den eiskalten Januarmorgen hinaustritt.

Ein riesengroßes Chinchilla, das man für ein paar Tage ausleihen kann, um seinen Kindern beizubringen, wie anstrengend Haustiere sein können?

Wahr oder nur eine Wunschvorstellung genervter Eltern?

Zugegeben, dies ist eine Geschäftsidee, die jeder Tierschutzverein und jede Tierheimleitung begrüßen würde. Doch das Patagonische Riesenchinchilla mit seinem stinkenden Urin und seinen nervtötenden Brunftschreien ist einfach nur erstunken und erlogen.

Tatsächlich eignen sich „normale" Chinchillas nicht als Einsteiger-Haustier. Sie sehen zwar wie flauschige, kugelrunde, etwa zwanzig Zentimeter große Mäuse aus und würde wahrscheinlich zunächst jedes Kind begeistern. Doch die Nagetiere sind aufwändig in der Haltung; sie brauchen einen großen Käfig und pflanzenfaserreiches Spezialfutter, da sie in ihrer südamerikanischen Heimat fast ausschließlich von Gräsern leben. Und es sind schon gar keine Knuddel-Plüschmäuse! Im Gegenteil, Chinchillas gelten als sensibel und sehr schreckhaft, weshalb sie sich vor allem in den ersten Monaten ihrer Haltung eher als Beobachtungstiere eignen. Bis ein Chinchilla zahm wird und aus der Hand frisst, braucht es einen langfristigen Vertrauensaufbau.

Was jedoch leider der Wahrheit entspricht, ist die Tatsache, dass viele Menschen schnell das Interesse an ihrem Heimtier verlieren, sobald sie merken, dass Tierhaltung eben auch Arbeit bedeutet.

Daher sollte man sich vor der Anschaffung eines jeden noch so süßen Tierchens fragen:

Will ich das Tier langfristig haben oder finde ich das Tier „einfach nur süß"?

Bin ich bereit, mich jedem Tag mit meinem Tier zu beschäftigen?

Bin ich bereit, Geld auszugeben, damit mein Tier bei mir ein gutes Leben hat?

Wer diese Fragen nicht mit einem JA beantworten kann, der sollte sich am besten ein nur ein Plüschtier kaufen.

Der Riesenegel (Hirudinea manillensis)

Sie hatten sich schon länger geschrieben, und immer hatten seine Komplimente, seine geistreichen Antworten und Kommentare, seine liebevollen Nachfragen ein warmes Prickeln in ihr ausgelöst. Lillian hatte immer geglaubt, niemals einen solchen Traummann kennen zu lernen, denn insgeheim machte sie ihre kleine Statur und etwas pummelige Figur für ihre letzten gescheiterten Beziehungen verantwortlich. Doch Robert hatte ihr mehrfach versichert, dass sie für ihn perfekt sei, doch dies niemals auf eine plumpe anzügliche Weise. Lillian fühlte sich von Robert angenommen – und angezogen. Dass er ganz nebenbei als Leiter der Marburger Blutbank eine solide Position hatte, störte sie keineswegs. Sie hatte es satt, sich in ihrem Job für ein paar Kröten abzurackern und jedes Mal zitternd die nächste Auto-Rechnung abzuwarten.

Sollte sie einmal eine Familie gründen, wollte sie sich keineswegs mit einer Doppelbelastung als berufstätige Mutter zufrieden geben.

Der Abend verlief ganz wunderbar, als hätte ihn Lillian im Voraus geplant. Robert entsprach den Fotos, die er ihr geschickt hatte – was bei den heutigen Dates keinesfalls mehr selbstverständlich war. Er erwies sich als perfekter Gentleman, der ihr die Tür aufhielt, ihr aus dem Mantel half – und das Essen bezahlte.

Während des Abends war der Gesprächsfaden zwischen ihnen nie abgerissen. Robert war amüsant, gebildet, jedoch auch ein guter Zuhörer.

Als die Kellner langsam schon die Stühle hochstellten, fragte Robert die Frage der Fragen:

„Wollen wir noch zu mir nach Hause?"

Lillian zögerte für eine Weile (es war immerhin ihr erster Abend und bei Internet-Bekanntschaften musste man vorsichtig sein), willigte dann jedoch ein.

Roberts fürsorgliche Art gab ihr ein gutes Gefühl.

„Ich habe mich sehr auf den Abend gefreut", begann Robert; als sie die knarrenden Stufen eines hübschen, neu renovierten Altbaus hochstiegen, „und ich muss sagen, dass ich zwischen uns ein ganz besonderes Kribbeln verspüre. Du gehst mir seit Wochen nicht mehr aus dem Kopf!"

Lillian lächelte siegesgewiss. Der Abend verlief immer mehr nach ihren Vorstellungen.

„Ich möchte dir daher mein Haustier vorstellen. Dracula liegt mir sehr am Herzen und wer es auch mit Dracula aushält, der kommt auch mit mir aus." Roberts

Wohnungsschlüssel knackte im Schloss einer Jugendstiltür.

„Dracula? Was soll das sein? Ein schwarzer Kater vielleicht. Damit komme ich bestimmt klar!", dachte Lillian unbekümmert.

Ganz Gentlemen, half ihr Robert wieder aus dem Mantel, gab ihr dabei einen betörenden Kuss in den Nacken und lotste sie sanft, aber bestimmt in ein Wohnzimmer mit einem ausladenden Sofa.

„Mach es dir schon mal gemütlich, ich komme gleich!", hauchte ihr Robert ins Ohr.

Während Robert die leicht knarrenden Dielen des angrenzenden Flurs entlang lief, warf sich Lillian in gekonnt verführerische Pose.

Dann erschien Robert mit einer großen Plastikschüssel.

„Was ist das denn…?", begann Lillian zaghaft und fiel beinahe in Ohnmacht, als sich Robert neben sie setzte und sie den Inhalt der Schüssel erblickte.

Eine braune, wurmartige, schleimig glänzende Kreatur, die ein wenig wie ein 40cm langes Stück Darm aussah, wand sich darin.

„Das ist er, mein Dracula!", sagte Robert stolz, und krempelte sich den Ärmel seines Seidenhemds hoch und hielt seinen nackten Unterarm in die Nähe der Schüssel.

„Wa - wa- wa i- i-st…?", stammelte Lillian, während Robert sanft lächelnd wartete.

Die Kreatur schien Witterung aufzunehmen; sie bewegte sie in schleimigen Kontraktionen auf Roberts Arm zu.

Dann stülpte sich eine Art Rüssel aus dem wurmartigen Wesen heraus und saugte sich mit einem leichten Schmatzen an Roberts Unterarm fest.

Die einzelnen Ringe, aus denen der Körper dieses Monstrums bestand, zogen sich auseinander und wieder zusammen.

Nach ihrer ersten Schreckstarre war Lillian inzwischen vom Sofa aufgesprungen und betrachtete die Szenerie zwischen Halter und Haustier mit vor Entsetzen geweiteten Augen.

„Dracula ist ein Riesenegel. Ein ungewöhnliches Haustier, zugegeben. Ich habe eine starke Bindung an ihn, da ich ihn als kleines, vielleicht 10 cm langes Egelchen bekommen und ihn nun mit meinem eigenen Blut auf eine stattliche Größe hochgepäppelt habe. Dabei ist er so genügsam, wenn er sich mal richtig vollgesaugt hat, braucht er monatelang nichts mehr", erklärte Robert.

„Willst du ihn auch mal trinken lassen?", hakte er nach.

Inzwischen war das Ungetüm tatsächlich dicker geworden begann langsam einer monströsen Raupe zu ähneln.

„Das ist sooo widerlich!", schrie Lillian entgeistert. (Allein, dass dieser viel versprechende Abend so enden musste, war schon schlimm genug).

„Wieso denn widerlich", entgegnete Robert verständnislos, „du bist doch auch mal gestillt worden!"

Moment mal. Jetzt wurde es richtig schräg. Hatte er sie etwa zu sich nach Hause eingeladen, damit er sie seinem Monster zum Fraß vorwerfen konnte? Sie, eine junge Frau, etwas rundlich vielleicht, dafür aber schön saftig? Man las immer wieder von Mädchen und Frauen, die im Internet Kontakte geknüpft hatten und dann nach dem ersten, viel zu vertrauensseeligen Treffen ermordet und verstümmelt aufgefunden worden waren. Oder etwa in einem Keller festgehalten, um von schleimigen Monsterwürmern ausgesaugt zu werden?

Flucht! Jetzt! Sofort! Das war das Einzige, was ihr noch blieb. Voller Panik, ihre ausgezogenen Pumps und ihren Mantel an der Garderobe außer Acht lassend, rannte Lillian aus der Wohnung in die nächtliche Kälte.

„Warte doch! Dracula ist ein ganz Lieber!", war das letzte, was sie von ihrem gescheiterten Rendezvous hörte.

Wahr oder eine gruselige Erfindung?

Ein monströser Blutegel, der von seinem Herrchen mit seinem eigenen Blut gefüttert wird: Das wäre zumindest eine preiswerte Art der Haustierhaltung. Zudem haart ein solches Heimtier nicht und macht keine störenden Geräusche.

Dies zumindest muss sich der junge Japaner Itsuki Yoshida gedacht haben, der sich einen Riesenegel als Haustier hielt. Ob er mit seinem Haustier Frauen beeindrucken konnte, habe ich nicht in Erfahrung gebracht. Immerhin verschaffte der Egel Herrn Yoshida eine Erwähnung einer bekannten deutschen Zeitung.

Egel sind eine Untergruppe der Gürtelwürmer, die etwa 300 Arten umfasst, von denen einige wie unser Dracula als Blutsauger leben, andere sich dagegen von Würmern ernähren.

Auch in Mitteleuropa könnt ihr beim Baden auf Egel treffen, die jedoch meist nur eine Länge von etwa 10cm erreichen (falls euch das beruhigt, wenn sich so ein Tierchen in euer Fleisch bohrt).

Hat man einen Egel geangelt (oder hat der Egel einen geangelt – dies ist Ansichtssache), gibt es folgende Möglichkeiten:

Salz: Dies schädigt die Schleimhäute, somit fällt der Egel ab und stirbt.

Feuer: Ähnlicher Effekt, ebenfalls zum sehr Nachteil des Egels.

Abwarten: Der Egel saugt sich voll, bis er schön fett ist. Gesättigt und zufrieden kann er wieder in das Badegewässer gebracht werden. Sehr zur Freude des Egels, weniger zur Freude des nächsten Badegastes. Allerdings kann es Monate dauern, bis der Egel wieder Hunger verspürt. Möglichkeit Nummer Drei ist nur für hartgesottene Tierfreunde geeignet.

In tropischen Regionen kommen durchaus größere Vertreter der Egel vor, so z. B. *Hirudinea manillensis*, der durchaus die Länge eines Unterarms erreichen kann.

Immer wieder kursieren Schauermärchen, ein paar solcher Egel könnten zusammen ein Pferd töten.

Zu diesen Schauermärchen kann ich nur sagen:

Es fehlen mir die Mittel, diese Gruselgeschichten zu überprüfen und manches will ich auch nicht zu genau wissen.

Vermutlich hätte sich zwischen Robert und Lillian eine längere Beziehung entwickeln können, wäre Roberts Haustier ein süßer Zwerghamster gewesen.

Allerdings ist die Ähnlichkeit zwischen Blutegeln und Damen, die sich ihre Zukünftigen unter anderem auch nach der beruflichen Position aussuchen, durchaus gegeben.

Der Glasfrosch (Sachatamia ilex)

Weihnachten steht vor der Tür. Es ist Zeit, seinen Eltern den Wunschzettel für das Fest der Liebe zu unterbreiten, denkt sich Paul. Und zwar möglichst schonend, was die Kosten der gewünschten Artikel anbelangt. Er selbst ist ja fein raus, er schenkt seinen Eltern ein selbst gemaltes Bild, das **müssen** die ja toll finden.

„Ich wünsch mir ´ne Spy Cam, die ist von diesem TikTokker SpyKai, der hat so Dinger in seinem Webshop. Mit so einer SpyCam, kann man durch äußere Hüllen hindurch fotografieren, also das Innere fotografieren. Das ist bestimmt ganz toll für die Schule, für Bio zum Beispiel…“, beginnt Paul den Vortrag seiner Wunschliste (toll für Bio, oder auch für die Biolehrerin, aber das müssen seine Eltern ja nicht wissen). Eigentlich müsste das Argument, die Kamera sei ein Lernmittel für den naturwissenschaftlichen Unterricht, bei Pauls Eltern ziehen. Die sind immerhin Biologen, spezialisiert auf Amphibien.

„Und, was soll so ein Ding denn kosten?“, hakt Pauls Mutter nach.

„Naja, so dreihundert Euro….“, antwortet Paul zaghaft. Jetzt bloß nicht zu fordernd auftreten, so etwas erzeugt bei den Alten immer gleich eine heftige

Gegenwehr. Vielleicht diesen süßen Blick von unten aufsetzen? Der hat doch immer gezogen….

„Warum schielst'n du so komisch?", fragt der Vater genervt. Mist, Paul hatte ganz vergessen, dass er mit seinen vierzehn Jahren seine Eltern an Größe fast schon eingeholt hatte. Der Süße-Junge-Blick funktionierte einfach nicht mehr.

„Naja, ganz ehrlich, ein bisschen teuer ist das schon. Wenn es wenigstens eine ordentliche Leica wäre, aber nur so ein Mode-Teil von so einem Internet-Fuzzi, das ist doch nur überteuerter Kram, der nach einer Woche gleich auseinander fällt!", sagt die Mutter in bestimmtem Ton.

Der Vater nickt, dann grinst er hinterhältig.

„Du willst also etwas, wo man sehen kann, was darunter ist. Ich glaube, da hätte ich eine Idee!"

Die Mutter hebt ratlos ihre Augenbrauen.

„Lass mich nur machen!", lacht der Vater leise und klopft der Mutter auf die Schulter.

„Ein bisschen groß für eine Spycam", denkt sich Paul, als er an Heiligabend endlich das festlich geschmückte Wohnzimmer betreten darf. Ein rot-golden verpackter Quader mit der Aufschrift FÜR UNSEREN PAUL glitzert mit dem Christbaum um die Wette.

Die Eltern lächeln erwartungsfroh, der Vater vielleicht ein wenig zu schelmisch.

Vorsichtig löst Paul die goldene Schleife und streift das rot glänzende Papier zur Seite.

Ein Glaskasten mit allerlei Grünzeug darin. Ein Terrarium! So ein Mist! Seine Eltern, die Frosch-Spezialisten, haben ihm irgend so ein Vieh aus ihrem Institut zu Weihnachten geschenkt!

„Also, wenn du den *Sachatamia ilex* nicht willst, ich nehme ihn gerne. Er würde sich sehr gut in meinem Arbeitszimmer machen!", verkündet der Vater großzügig.

Na toll, das sind die besten Geschenke. Diejenigen, die der Spender am liebsten selbst behalten möchte.

Die Mutter hebt entschuldigend Schultern und Stirnmuskeln.

„Naja, dieses Fröschchen kannst du auch von innen betrachten, denn es ist ja fast durchsichtig, wie mit so einer komischen Spy Cam. So gesehen kannst du ja auch schauen, was es *da unten so hat*, wenn ich mal deine Ausdrucksweise wiedergeben darf!", sagt die Mutter fast schon entschuldigend.

„Nur, dass es halt nicht Frau Schröder ist, wie? Ich krieg doch mit, wie du mit deinen Kumpels über eure Lehrerinnen redest!", röhrt der Vater.

Oh man, wie peinlich! Der inzwischen dritte Glühwein lässt den Vater, den sonst so kühl-nüchternen Wissenschaftler, erschreckend ehrlich werden.

Inzwischen ist ein niedliches, nur drei Zentimeter langes Fröschlein aus dem Gebüsch hervor gekrochen und haftet mit den Saugnäpfen seiner Füße an der Glasscheibe.

„Och guck doch mal, unser Glasfröschchen, es ist fast durchsichtig! Da unten, Paul, da siehst du den Magen und das Herz!", freut sich die Mutter. Die Augen der Amphibie sind dagegen schwarz-weiß marmoriert.

Das Tierchen sieht mit seiner fast durchsichtigen Haut, und seinen überproportional großen Augen ziemlich abgefahren aus, das muss Paul zugeben. So ein Haustier in seinem Zimmer, das würde seine Freunde beeindrucken, auch wenn es nicht die erwünschte Spy Cam war.

„Ja, schon cool, also man könnte glauben, dass derjenige, der das Vieh erschaffen hat, ziemlich bekifft war!", gibt Paul grinsend zu.

„Paul!", schimpft die Mutter.

„Ach, lass gut sein, Julia, er ist nunmal vierzehn und es ist seine Art, für unser Geschenk DANKE zu sagen!", gibt der Vater zu bedenken.

„Beki-hihihi- fft, der Schö-höhöhö-pfer unseres Glasfrö – höhöhö-schleins, das ist gut!", fügt er mit hochrotem

Kopf lachend und um Atem ringend hinzu. Der vierte Glühwein zeigt seine Wirkung.

Nun gut. Statt einer Spy Cam eine ziemlich abgefahrene Amphibie. Zumindest würde ihm der Glasfrosch bei Instagram viele Klicks einbringen, denkt sich Paul.

FROGSTAGRAM wäre schon ein ziemlich cooler Name.

Ein glasklarer Frosch, das ist ganz klar eine Lüge, oder?

Nein, ganz und gar nicht!

Ich selbst gehöre nicht zu den Menschen, die ihr Inneres gerne nach Außen kehren, aber der Froschlurch-Familie der Glasfrösche scheint dies nichts auszumachen.

Ihren Namen haben sie sich durch ihre grüne Oberseite und die durchscheinende Haut ihrer Unterseite redlich verdient, die vermutlich eine Tarnung in unübersichtlichen Regenwaldgebieten zwischen dem südlichen Mexiko und dem nördlichen Argentinien ist.

Besonders skurril ist die Art Sachatamia ilex, der zusätzlich zu seinem durchsichtigen Unterleib noch schwarz-weiß marmorierte Pupillen besitzt.

Diese Glasfrosch-Art kommt in Costa Rica vor, einem Land, dass übersetzt „Reiche Küste" bedeutet – was dem sensationellen Artenreichtum des kleinen mittelamerikanischen Staates zwischen Karibik und Pazifik geschuldet ist.

Wie alle Glasfroscharten legt *Sachatamia ilex* seine Eier auf Blättern ab, die über den tropischen Gewässern hängen. Die lieben Kleinen entschlüpfen diesen grünlichen Eihüllen und lassen sich in das meist nahe gelegene Gewässer plumpsen (wir reden von Regenwäldern und anderen Feuchtgebieten).

Zwar ist die Haltung von *Sachatamia ilex* in Terrarien zwar möglich, doch sie sollte nur durch fachkundige Hände erfolgen. Generell ist es äußerst schwierig, tropische Fröschchen im Terrarium in einem warm-feuchten Mikroklima ohne Schimmelpilze zu halten.

Grundsätzlich sollte jedoch niemand allein wegen der Aufmerksamkeit in sozialen Medien exotische Amphibien halten.

Kapitel 3

Schräge Tiere von nebenan

Stellt euch vor, ihr unternehmt nichts ahnend eine Wattwanderung, sagen wir, ihr schlurft und stapft durch das nordfranzösische Schlick- und Felswatt. Der Ärmelkanal mit seinem herrlich jadegrünen Wasser hat sich gerade etwas zurückgezogen. Die Einheimischen holen mit langen Haken Krebse aus den Felsspalten und buddeln Muscheln aus dem schlickbraunen Meeresgrund hervor. Diese eigentlich recht malerische Szene wird von eurer Mutter nur grummelnd kommentiert:

„Diese Franzosen, die fressen einfach alles, also, da müsste ich schon fast verhungern, dass bei mir so ein Gewürm auf den Teller käme, also nee, so was, da wird man auch nicht satt von, das ist nur für den hohlen Zahn, und stinken tut´s nach Gammelfisch, wenn ihr mich fragt, pfui, wenn Gott gewollt hätte, das ich so was esse, dann hätte er mich als Möwe erschaffen, hat er aber nicht, nein, nein, nein, was der Bauer nicht kennt, das frisst er nicht…"

Ihr lasst die nörgelnde Geräuschkulisse unkommentiert. Eigentlich habt ihr keine feste Meinung zu den Essgewohnheiten der Normannen und Bretonen. Bizarr und faszinierend zugleich sind diese gepanzerten Kreaturen, die von den Wattwanderern aufgesammelt werden. Wie diese Tiere wohl schmecken?

Doch eure kindliche Meinung interessiert auch nicht, denn wir schreiben das Jahr 1989 und Eltern haben grundsätzlich Recht. Zumindest, wenn eure Eltern die 68er komplett ignoriert haben.

Doch was ist das? Ein rundliches, etwa zehn Zentimeter großes Kellerassel-ähnliches Tier krabbelt auf einem mit Tang bewachsenen Felsbrocken umher. Der Rücken der Kreatur ist mit dichten Borsten bewachsen, die im Sonnenlicht in allen Farben des Regenbogens schillern. Was vorn und was hinten bei der merkwürdig glänzenden Kreatur ist, das lässt sich nur schwer ausmachen. Neugierig (und ein wenig todesmutig) stupst ihr das fast schon außerirdisch wirkende Wesen mit eurem Zeigefinger an. Ähnlich wie bei der echten Kellerassel daheim, fangen kleine Beinchen hektisch zu krabbeln an und hinterlassen auf eurer Haut einen leichten unbehaglichen Schauer.

„Eine Seemaus, da steht's, ein Meereswurm!", sagt euer Vater stolz und hält euch ein Bestimmungsbuch vor die Nase. An diesem Sommertag im Jahre des Herrn 1989 ist Papa euer Google.

So oder so ähnlich hat sich in meiner Kindheit eine Begegnung mit einem Wesen zugetragen, das mit seinem bizarren Äußeren von einem anderen Stern zu kommen schien. Doch die Seemaus fristet in

Wirklichkeit ein sehr zurückgezogenes Dasein auf dem Meeresgrund.

So tun dies viele bizarre Kreaturen, die auf unserem Kontinent vorkommen, oft verborgen in Höhlen, auf dem Meeresgrund oder im Erdreich - nahezu unbekannt und dadurch umso mehr faszinierend.

Warum denn in ferne Kontinente reisen, wenn auch unser gutes altes Europa einige merkwürdige Spezies beherbergt?

Badischer Riesenregenwurm (Lubricus badensis)

„Unser Badischer Riesenregenwurm erreicht ausgestreckt eine Länge von seschzig Zentimetere. Gott sei Dank isch es kein Schwäbischer Riesenregenwurm, denn wie ihr wischt, sind unsere Nachbarn, die Schwaben immer so sparsam und spaßfrei. Bei uns in Baden, da darf´sch halt e bissle mehr sein. In Schwaben hätte´sch diese Regenwurmart nie auf eine Riesengröße gebracht", erklärt der Südschwarzwälder Naturparkführer Gerhard Birkle grinsend. Dann bückt er sich, wühlt mit einer Schaufel ein wenig in der feuchten Walderde herum, um kurz darauf ein fleischfarbenes, etwa sechzig Zentimeter langes Wesen aus der Erde zu ziehen, dass sich zunächst noch entschieden diesem etwas unsanften Eingriff entziehen will. Ein wenig muss Herr Birkle ähnlich wie eine Amsel an einem normalen Regenwurm im Garten ziehen, dann windet sich Lumbricus badensis glänzend auf dem behaarten Arm des kernigen Naturburschen.

Diese Darbietung wird von der Wandergruppe mit Rufen von „Iiiih!" bis „Ahaa!" kommentiert. Ein kleines Mädchen zuckt nach Herrn Birkles Frage „Willsch´en mal auf de Arm nehme?" nur nervös zusammen.

„Unser Lumbricus badensis isch ein ganz harmloser Vertreter. Der hockt sein Lebtag nur in einer

Bodenröhre und frischt am liebschte die Fichtenadle. Da isch er im Schwarzwald auch ganz richtig, denn wir habe ja fascht nur Nadelbäume bei uns. E bissle ist er ja wie ein Schwabe, da er so genügsam die Fichtenadle wegfrischt. Reiche Kost, so Obscht und Gemüsereschte, wie man sie im Garte hat, braucht der gar net", erklärt Herr Birkle.

Den meisten Teilnehmern der Wandergruppe ist das Tier, das zwar die Gestalt eines Wurms, aber durchaus die Größe einer Schlange hat, immer noch unheimlich.

„So, jetzt wolle wir dich wieder in die Erde neisetze", sagt Herr Birkle freundlich, „denn ihr wischt, für so einen Wurm ist das Rausnehme eigentlich e Quälerei. Der mag´sch nur feucht und dunkel." Der Naturparkführer bückt sich wiederholt und entlässt den Riesenregenwurm in die Freiheit, genauer gesagt in den feucht-krümeligen Waldboden, wo sich Lumbricus badensis in erstaunlicher Geschwindigkeit wieder in seine Heimat zurück schlängelt.

„Weisch einer von euch, wie unser Riesenregenwurm überhaupt merkt, ob es dunkel oder hell isch? Der hat doch keine Augen, oder seht ihr welche?", fragt der Naturparkführer in die Runde.

Die Wandergruppe zuckt ratlos mit den Schultern.

„Der hat winzige Sinneszellen in seiner Haut stecke. Mit dene kann er zwar nicht wirklich sehe, aber er kann erkenne, ob es hell oder dunkel isch. Dann weisch der Wurm wenigschtens, ob für seine dünne Haut Gefahr droht, denn die kann in der Sonne ganz schnell austrockne."

„So, jetzt bischte wieder daheim", kommentiert Herr Birkle den Erdhaufen, auf dem mittlerweile kein Anzeichen eines Wurms mehr zu erkennen ist.

„Wir gehe jetzt weiter unsern Regenwurmpfad entlang. Da vorn, da hat´s noch mal e Nachbildung von unserm Lumbricus badensis, der, und das müscht ihr euch behalte, weltweit nur bei uns im Südschwarzwald vorkommt!", sagt Herr Birkle fröhlich und gibt ein kurzes Zeichen zum Aufbruch.

Das kleine Mädchen, das sich eben noch geweigert hatte, den Wurm auf den Arm zu nehmen, stößt einen spitzen Schrei aus. Ein rosafarbenes, ungefähr fünfzig Zentimeter dickes und fünf Meter langes Ungetüm windet sich aus dem Erdboden.

„Da brauch´sch keine Angst zu habe", lacht Herr Birkle, „des isch nur eine Nachbildung. Sooo groß werde die Viecher hier bei uns auch wieder net!"

Ein sechzig Zentimeter langer Regenwurm, der ausgerechnet nur im badischen(!) Südschwarzwald vorkommt? Da wollte wohl jemand diese deutsche

Urlaubsregion ein wenig interessanter machen und hat sich so ein merkwürdiges Ungetüm ausgedacht!

Falsch! Den Badischen Riesenregenwurm gibt es tatsächlich.

Der Körperbau dieses weltweit nur im Südschwarzwald ansässigen Tieres gleicht dem des gewöhnlichen Regenwurms, gleiches gilt für die braun-rosa Färbung.

Warum dieser Wurm ausgerechnet nur in dieser süddeutschen Gegend vorkommt, ist rätselhaft. Ebenso ungeklärt ist auch die Tatsache, was mit einem Badischen Riesenregenwurm passiert, wenn er sich ein wenig zu weit vorwagt und sich in das benachbarte und leicht verfeindete Schwaben vorwagt. (Falls jemand noch ein Thema für eine Zoologie-Doktorarbeit sucht, das wäre doch etwas).

Der Karpaten-Schnegel oder Blauschnegel (Bielzia coerulans)

„Also, Kino ist normalerweise so gar nicht meins, vor allem nicht diese neumodischen 3D-Dinger! Aber meine Dora, die wollte unbedingt dorthin", sagt Dimitru und nickt in Richtung einer freundlich lächelnden, etwa 40jährigen Frau, die ein Tablett voller Schmalzkrapfen zur heimeligen Eckbank bringt. Das Gebäck duftet herrlich, eine Madonna im Herrgottswinkel lächelt sanftmütig und in kleinen Gläschen glitzert selbst gebrannter Pflaumenschnaps.

Hier, in den rumänischen Karpaten, scheint die Welt noch in Ordnung zu sein.

„Dracula gegen Aliens!", ereifert sich Dimitru, „allein der Titel dieses … Schundfilms hätte mich misstrauisch werden lassen! Diese Amerikaner, diese …. ! Was die aus unserer reichen Geschichte gemacht haben! Unser Kriegerfürst Vlad Draculea als Kämpfer gegen blaue schleimige Außerirdische! Lächerlich! Nur Söhne einer …. würden einen solchen Schund zustande bringen!"

Der Übersetzer ringt um die richtigen Worte. Ich beiße krachend in einen Schmalzkrapfen.

„Da denkt jetzt wieder jeder: Hahaha, die Rumänen, die sind so abergläubisch, so rückständig, die glauben jeden Mist, ob Vampire, Werwölfe, Ufos, Graf Dracula oder sonst was!", schimpft Dimitru weiter, „aber so sind wir doch gar nicht! Ja, wir haben uralte Traditionen, wir alle kennen die alten Geschichten, aber verdammt noch mal, wir leben heute, so wir ihr in Deutschland auch!"

Das idyllische Bergdörfchen, dreißig Kilometer von der alten Stadt Tirgoviste entfernt, scheint tatsächlich ein wenig aus der Zeit gefallen. Schmucke Bauernhäuser mit geschnitzten Hoftoren sind von Gemüse- und Blumengärten umgeben; vereinzelt sieht man noch Pferdefuhrwerke, die Kartoffeln, Rüben und Strohballen transportieren. Wenn man gemein wäre, könnte man tatsächlich denken, dass die hiesige Landbevölkerung noch an Vampire glaubt.

„Dieser ganze Draculakram ist für die Händler gut und für die Hotels – die Touristen kommen ja hierher, weil unser Fürst Vlad Tepes unten in Tirgoviste seinen Hof hatte. Das ist aber auch schon alles. Vlad Tepes, genannt auch Draculea, war ein tapferer Krieger, leider aber auch sehr grausam. Aber wer war das nicht vor über fünfhundert Jahren?" Dimitru nimmt einen kräftigen Schluck Pflaumenschnaps.

„Du redest und redest. Jetzt erzähl doch mal, was du nach dem Film in unserem Garten gesehen hast!", meckert Dora.

Dimitru atmet einmal tief ein und aus.

„Ja, wir kamen heim und es hatte in dieser Sommernacht gerade geregnet. Die Luft war feucht und neblig, das ist ja das beste Wetter für die Nacktschnecken. Darum wollte ich mit meiner Petroleumlampe durch den Garten gehen und einige von den Biestern mit meiner Hacke erledigen. Da waren auch schon einige von den frechen Mistviechern, an meinen Tomaten, am Kohl, am Salat, den Kräutern. Ich habe ein regelrechtes Gemetzel angerichtet, haha! Und wenn ich schon mal dran bin, dachte ich, schau ich doch noch unter den großen Blättern von unserem Kürbis nach. Ich hebe so ein Blatt hoch und leuchte mit meiner Lampe - und da hockt ein Vieh, das sieht genauso aus wie die Außerirdischen in diesem blöden Film! Schleimig und blitzblau! Ich bin ja fast den ganzen Tag draußen, aber so eine große, blaue Nacktschnecke habe ich noch nie gesehen! Ganz ehrlich, ein wenig hat es mich nach diesem Film schon gegraust in meinem dunklen Garten. Da hab ich mir gedacht:

Bevor es dir was tut, erledigst du das Vieh lieber selbst. Hab dann die Hacke runtersausen lassen und hab´s in der Mitte halbiert.“

Ein junger Mann von etwa achtzehn Jahren betritt die Bauernstube und rollt mit den Augen. Offenbar hat er die Geschichte mit der blauen Monster-Schnecke schon allzu häufig gehört.

Dimitru macht eine lässige Handbewegung in Richtung des hoch gewachsenen Teenagers.

„Jetzt ließ mir die Sache aber keine Ruhe und ich bin ins Haus zu meinem Ion, der war noch wach. Mein Sohn kennt sich ja aus mit diesem Internet und da hab ich ihm gesagt, schau mal in deinem Internet nach, was es mit blauen dicken fetten Schnecken auf sich hat – ob das denn mit rechten Dingen zugeht, was ich gesehen habe! Und was hat mein Ion ´rausgefunden?

Diese blaue Schnecke gab es hier schon immer – und ich habe sie noch nie gesehen, weil die Biester so verdammt selten sind. Blauer Karpatenschnegel, hat man so was schon gehört?

Selten, sogar unter Naturschutz, und ich hab eine von denen platt gemacht, na ja.

Mein Ion hat gemeint, jetzt müsste das Vieh wenigstens ein ordentliches Begräbnis kriegen, aber über so was macht man keine Witze!"

Mahnend hebt Dimitru seinen Zeigefinger.

Ion zeigt dagegen weitaus sachlicher auf seinem Smartphone ein Bild des besagten Karpatenschnegels. Tatsächlich sieht die bizarre Kreatur wie eine normale große Nacktschnecke von etwa fünfzehn Zentimetern aus, mit nur einem Unterschied: Die manchmal saphirblaue, manchmal violettblaue Farbe.

„Sieht aus wie aus Gottes Photoshop!", lacht Ion. Seine Eltern kommentieren den Witz mit erbosten Blicken.

Ein blaues Alien inmitten der Abgeschiedenheit der rumänischen Karpaten? Wäre das nicht ein wenig zu abgefahren?

Andererseits: Wenn ich ein außerirdisches Wesen wäre, dann würde ich lieber zunächst in einer einsamen Erdengegend landen, um dann den Plan der Erd-Übernahme in Ruhe zu fassen.

Doch der Karpatenschnegel oder Blauschnegel verfolgt völlig unspektakuläre Ziele. Diese Nacktschneckenart möchte nur bei feuchtem Klima aus ihren Verstecken kommen, Unmengen an Kräutern, Salatpflanzen, Pilzen, Beeren und Gemüsen fressen, sich im Spätsommer in einer zwittrigen schleimigen Zeremonie paaren, um dann bald nach der Eiablage zu versterben.

Somit unterscheidet sich *Bielzia coperulans* kaum von ihren braunen, schwarzen und rostroten Artverwandten.

Auch wenn die Lebensweise des Blauschnegels völlig typisch für alle Land-Nacktschnecken ist, so zählt er dennoch zu den seltenen Tierarten.

Sein ursprünglicher Lebensraum ist auf Osteuropa begrenzt; in Tschechien steht der Blaue Karpatenschnegel auf der Roten Liste der gefährdeten Tierarten.

Neuerdings wurden die blitzblauen Tiere jedoch auch im deutschen Westerwald gesichtet.

Die Aliens sind unter uns!

Der Grottenolm oder das Menschenfischlein

Ächzend betritt Herr Schröder seine 50 qm-Wohnung, die er in den letzten Tagen zum Überlebensbunker ausgerüstet hat. Nun sind die Einkäufe erledigt. Nudeln, Nutella, Erdnussbutter – energiereiche haltbare Nahrung für ungewisse Zeiten. Auch die letzte Packung Klopapier konnte er noch mitnehmen; seufzend packt er die weiße Kostbarkeit zu den sechs anderen Packungen in seinem schon prall gefüllten Vorratsraum. Hier stapeln sich Dosengemüse, kistenweise Mineralwasser und Bier, Zucker Mehl, Hefe (ha, die letzten Packungen), Zwieback und Ölsardinen. Herr Schröder mag eigentlich keinen Fisch, aber in Krisenzeiten sollen Ölsardinen ja DAS Über-Lebensmittel sein, da haltbar, fettreich und Vitamin D-haltig. Vielleicht darf man ja bald gar nicht mehr raus. Da könnte er ja vom Lichtmangel krank werden in diesem eigentlich so sonnigen Corona-Frühling 2020. Die Italiener dürfen ja nicht mehr für die Tür... Dann lieber ab und zu so eine eklige Fischdose leer schlürfen!

Als nächstes inspiziert der Vierzigjährige seine Tiefkühltruhe, die aus Platzgründen im Wohnzimmer steht. Das ist zwar nicht wie bei SCHÖNER WOHNEN, aber eigentlich ganz praktisch, wenn man abends beim Fernsehen Lust auf ein Eis hat. Schön voll ist das gute Stück, mit Pommes, Kroketten, Pizza, Chicken Nuggets und allen anderen Dingen, die der Seele gut tun und an den Hüften kleben bleiben.

Sie machen ja jetzt alles dicht, auch die Stammkneipe hat zu. So ganz alleine, abends vor dem Fernseher, da kriegt man schon mal die Fresseritis.

Die Wohnung hat Herr Schröder vorsorglich mit einem neuen Schloss abgesichert. In den Zombie-Apokalypse-Filmen geht es ja auch immer gleich mit Plünderungen los. Scheint in Krisenzeiten wohl so zu sein, dass die Menschen lieber übereinander herfallen, als sich gegenseitig zu helfen.

Ächzend lässt sich Herr Schröder auf sein Sofa fallen. Jetzt erstmal fernsehen. Gedankenverloren zappt er sich durch die Kanäle und bleibt bei DIE UNGLAUBLICHSTEN KREATUREN hängen. Tiere hat er immer gemocht. Auf Teneriffa, was hat er die Echsen, Schmetterlinge und Möwen fotografiert! Damals, als das mit seiner Sonja noch was war.

Auf dem Bildschirm zeigt sich ein merkwürdiges, bleiches Wesen, das sich durch dunkles Wasser schlängelt.

Was sollte man in Krisenzeiten tun? Vielleicht sollte man sich in eine dunkle, abgeschiedene Höhle zurückziehen, seine Lebensansprüche und seinen täglichen Bedarf extrem herunterfahren und einfach auf bessere Zeiten warten.

Dies alles tut auch der Grottenolm – mit einem großen Unterscheid:

Er wartet nicht auf bessere Zeiten. Er ist mit seiner kargen, nur auf das Wesentliche reduzierten Lebensweise völlig zufrieden.

Bei dreißig bis vierzig Zentimetern Körperlänge ist der Grottenolm mit einem Gewicht von nur zwanzig Gramm von asketischer Gestalt. Wegen seiner schmächtigen, bleichen Körperform wird er auch das „Menschenfischlein" genannt. Diese seltene Amphibie ernährt sich von Flohkrebsen, höhlenbewohnenden Süßwassergarnelen und Wasserasseln, die sie mit Hilfe des sehr gut entwickelten Geruchssinnes im eiskalten Wasser erbeutet. Durch die beständige Dunkelheit seines Lebensraumes hat das Menschenfischlein seinen Sehsinn verloren; jedoch besitzt es in seiner Haut Rezeptoren, mit denen es Helligkeit spüren kann. Leuchtet man den Grottenolm mit einer Lampe an, so vermutet er gleich Übles und flüchtet sich aalartig-schlängelnd in einen dunklen Unterschlupf. Und wenn es in den Karsthöhlen zwischen Slowenien und Bosnien einmal nichts zu fressen gibt, so kann das krisenerprobte Menschenfischlein bis zu zehn Jahre ohne Nahrung auskommen. Auch andere Lebensvorgänge hat die bleiche Amphibie im Laufe der Evolution im Vergleich zu unserer menschlichen

Lebensweise stark zurückgefahren; so paaren sich die Tiere nur etwa alle zehn bis zwölf Jahre. Danach setzt das Weibchen befruchtete Eikapseln auf den Grund der Höhlenseen und das war es auch schon. Auf ausgiebige Brutpflege wird im spartanischen Leben des Höhlenbewohners ebenfalls verzichtet.

So wird diese bleiche, blinde Kreatur aus den Höhlen des Dinarischen Gebirges siebzig, manchmal sogar bis zu hundert Jahre alt, mit ihren Bedürfnissen perfekt angepasst an ihren kargen, dunklen und kalten Lebensraum.

In Zeiten von Krisen auch noch auf Essen und Trinken verzichten, am Ende jahrelang fasten?

Och nee, nicht das auch noch. Das können die da oben mir nicht auch noch nehmen! Herr Schröder steht grummelnd auf. Jetzt erstmal ein Bier holen.

„Keine Brutpflege, ist wie bei meiner Mutter damals. Und meine Paarungsgewohnheiten sind fast schon ähnlich wie bei diesem blassen Blindvieh. Scheiße, ich bin ein Höhlenmolch!", denkt sich Herr Schröder mit einem Anflug von Bitterkeit, als er die Tür seiner Vorratskammer öffnet.

Eine bleiche, blinde Kreatur, die sich fast hundert Jahre lang durch die Karstgrotten des Dinarischen Gebirges schlängelt? Wahr oder erfunden (der Gollum aus *Herr der Ringe* lässt grüßen)?

Tatsächlich wahr.

Wer die Postojna-Höhle in Slowenien besichtigt, kann in einem Aquarium auch das Menschenfischlein bewundern. Weiß-rosa, fast schon durchscheinend schlängelt es sich durch das klare Wasser. Vier dünne Gliedmaßen stehen von seinem aalartigem Körper ab; aus seinem länglichen Kopf sprießen bizarre Kiemenäste. Mit Fischen hat diese seltsame Tierart nur wenig gemeinsam, tatsächliche gehört das bleiche Höhlenwesen zu den Amphibien.

Jedoch erinnert der rosa-weißliche Körper mit sehr viel Fantasie an ein kleines dünnes Menschlein. Kein Wunder, bei dieser kargen Lebensweise. Von Wasserasseln ist noch keiner fett geworden. In früheren Jahrhunderten, wenn die Karsthöhlen durch starke Regenfälle geflutet und dadurch die Menschenfischlein an die Oberfläche gespült wurden, hielt die Landbevölkerung die Tiere auch für Drachenbabys.

Wer nicht bis nach Slowenien reisen möchte, der kann auch in Deutschland die bleichen bizarren Höhlentiere beobachten. In der Hermannshöhle im Harz wurde der Grottenolm schon in den 1930er Jahren angesiedelt. Inzwischen haben sich die zurückhaltenden Tierchen so gut eingelebt, dass sie sich erfolgreich vermehren. Somit ist die Hermannshöhle die einzige Höhle in Deutschland, in der Grottenolme vorkommen.

Der Bombardier-Käfer (Brachinus crepitans)

Ein Sommertag in der Schwanheimer Düne, einem Naherholungsgebiet inmitten der Bankenmetropole Frankfurt. Die seit Wochen andauernde Hitze hat eine mediterrane Landschaft ausgebleicht, die man in einer hessischen Großstadt niemals vermuten würde.

Ein fünfjähriges Mädchen mit dem erwartungsvollen Namen Ludovica-Charlotte schlappt genervt mit ihren kleinen rosa Sandalen über den Sandboden.

Schlapp- schlapp- schlurf- wühl- schlapp, schlurf...

Ihre Mutter, eben noch damit beschäftigt, ein Selfie vor einer knorrigen Kiefer zu schießen, wendet doch tatsächlich den Blick von dem Smartphone ab.

„Ludovica-Charlotte, hebe bitte deine Füße! Du machst deine neuen Schuhe dreckig! Ludovica-Charlotte, das haben wir doch be-spro-chen! Ludovica, wenn du deine Schuhe immer so dreckig machst, dann gehen sie schneller kaputt, und dann muss die Mama neue Schuhe kaufen, und die kosten Geld, und dann muss die Mama länger in der Kanzlei sitzen, das haben wir doch be-spro-chen!"

Schlapp- schlapp- schlurf- wühl, schlapp, schlurf.....

Ungeachtet der mütterlichen Ermahnungen scharrt das Mädchen weiterhin im Sandboden und erfreut sich seiner Selbstwirksamkeit; siehe da, das Rosé der Sandalen hat sich mittlerweile in ein dezentes helles Ocker verwandelt.

Jetzt ist es Zeit für eine väterliche Intervention.

„Ludovica-Charlotte, rede mit mir! Kommunikation! Augenkontakt!", mahnt der Erzeuger, der in seinem anderen Leben jenseits des Wochenendes nach eigenen Angaben „Prozesse koordiniert".

Schlapp- schlapp- schlurf- wühl, schlapp, schlurf…..

„Betrachte doch mal die Info-Tafel, Ludovica-Charlotte. Hier in der Schwanheimer Düne gibt es ganz besondere Tiere und Pflanzen, zum Beispiel die Heuschreckensandwespe, eine der größten Grabwespen Mitteleuropas!", erläutert die Mutter.

„Mir egal!", motzt Ludovica-Charlotte zurück. Immerhin, sie kommuniziert. Das ist doch schon mal ein Fortschritt, auf dem man aufbauen kann.

Da! Auf dem ockergelben Sandboden glitzert etwas! Grün-golden schillernd bewegt sich ein Käfer auf das kleine Mädchen zu. Mal sehen, was das für ein merkwürdiges Tier ist. Vielleicht ist die Schwanheimer Düne doch nicht so öde und langweilig.

„Ludovica-Charlotte, ich möchte nicht, dass du dieses Tier auf die Hand nimmst. Das ist ein Wildtier, und das möchte nicht angefasst werden. Was würdest du denn denken, wenn dich einfach ein großer Riese packen würde? Da hättest du doch auch ganz schön Angst, oder?", kommentiert die Mutter Ludovica-Charlottes Kontaktaufnahme mit dem schillernden Krabbler.

Wildtier, oh geil: Das ist das Einzige, das Ludovica-Charlotte den Ermahnungen ihrer Mutter entnommen hat. Nun hält das Mädchen seinen glänzenden Schatz in seinen Händchen umklammert und grinst seine Eltern herausfordernd an. Dann, ganz langsam, öffnet die junge, aufstrebende Nachwuchsforscherin die Hände und hält das Wundertier den Eltern wie auf einem Präsentierteller entgegen.

„Ludovica-Charlotte, das reicht jetzt!", entfährt es dem genervten Vater.

Die Augen der Mutter weiten sich vor Entsetzen.

„Wie kannst du Ludovica-Charlotte nur so anschreien? Du weißt doch, dass sie hochbegabt und hochsensibel ist!"

Das Mädchen wechselt lächelnd seinen Blick zwischen Vater und Mutter. Läuft doch ganz gut, wenn die beiden sich streiten. Dann haben sie immer hinterher ein schlechtes Gewissen und vielleicht springt ja wieder etwas dabei ´raus. Vielleicht kommt sie ja damit durch, dass sie den tollen Käfer mit nach Hause nehmen darf!

Doch dann passiert es. Der Käfer hebt sein Hinterteil, als wollte er.... Er wird doch wohl nicht einfach auf ihrer Hand?

Vater und Mutter runzeln ihre Stirn. Ein knallendes, zischendes Geräusch entfährt zusammen mit einigen weißlichen Spritzern aus dem Hinterteil des bizarren Krabblers.

„Ah, aua, der böse Käfer hat mir wehgetan!", schreit Ludovica-Charlotte und schleudert das Tier entsetzt von sich. Ein grün-goldenes Glitzern in der Luft, dann ist der Übeltäter verschwunden. Wohin, das interessiert keinen mehr.

„Lass mal sehen!", keucht Ludovica-Charlottes Mutter, untersucht die Hand ihrer Tochter und erblickt einen winzigen rötlichen Fleck.

„Hol die Globuli aus dem Rucksack!", zischt sie dem Vater zu.

Gott sei Dank geht es Ludovica nach einigen Minuten schon besser, als sie etwa zehn homöopathische NIEDERPERUNANISCHER VOLLNACHTSCHATTEN-Zuckerkügelchen gelutscht hat. Dennoch muss unbedingt die nächstgelegene Notaufnahme aufgesucht werden.

Prellungen, Stürze, Knochenbrüche, all dies kann warten, denn jetzt kommt Ludovica-Charlotte, das bedauernswerte Opfer eines monströsen Killer-Insekts!

„Dass solche Monster mitten in Frankfurt existieren und wir wurden nicht informiert! Keine Hinweisschilder in der Schwanheimer Düne! Ich werde die Stadt Frankfurt verklagen!" Die Augen von Ludovica-Charlottes Mutter flackern vor Wut und zukünftigem Triumph.

Oh ja. Die Kanzlei Rechts & Dreher gegen die Stadt Frankfurt – das wird eine epische Schlacht!

Ein in Deutschland heimischer Käfer, der seine Widersacher mit einer brennenden Flüssigkeit anspritzt, dies auch noch untermalt mit einem zischenden Knallgeräusch?

Das kann doch nur erfunden sein, oder?

Tatsächlich sind Bombardierkäfer eine auf unserer Welt weit verbreitetet Insektenart, die mögliche Fressfeinde mit einer Knallgasreaktion aus ihrem Hinterteil abwehrt (und nein, diese Käfer fressen keine Bohnen).

Der grün-golden glänzende *Große Bombardierkäfer* kommt auch in Deutschland vor; er bevorzugt trockene

Lebensräume, vorzugsweise Magerrasen und Heidelandschaften.

Doch wie erzeugt ein maximal ein Zentimeter langes Krabbeltier eine Knallgasreaktion, bei der zudem noch heißes Wasser frei wird?

Am Hinterleib des Bombardierkäfers befindet sich eine so genannte Explosionskammer. Fühlt der Käfer sich bedroht, spritzt er dort hinein unter anderem die Substanzen Hydrochinon und Wasserstoffperoxid. Es entsteht eine Reaktion, bei der ätzende Gase und heißes Wasser frei werden. Das Krabbeltierchen mit dem Chemiebaukasten im Hinterteil kann diesen Verteidigungsmechanismus sogar mehrmals hintereinander auslösen.

Eine solche Begegnung mit dem Bombardierkäfer ist für uns Menschen zwar unangenehm, aber harmlos. Ein anschließender Aufenthalt in der Notaufnahme ist nicht erforderlich.

Es kann aber durchaus ein „Lernmoment" sein (um bei der Ausdrucksweise von Ludovica-Charlottes Eltern zu bleiben), dass man bei Wildtieren durchaus vorsichtig sein muss.

Kapitel 4

Fieses aus der Ferne

Kommen wir nun zu einem äußerst schwierigen Kapitel:

Tiere in den fernen und schwer zugänglichen Gebieten unseres Planeten.

Wie kann man sicher wissen, welche Tiere in Tiefseegräben, Dschungeln, Höhlen und Flussdeltas existieren?

Sind manche Tiere schon ausgestorben, bevor wir sie erst kennen lernen konnten?

Sterben gerade Tiere aus und wir bekommen diesen tragischen Verlust nicht mit?

Und wie viele Tiere erfreuen sich gerade ihres Lebens, ohne dass wir bisher etwas von ihrer Existenz mitbekommen haben?

Zu dieser schwierigen Frage möchte ich kurz ein Beispiel nennen:

Lange ging man davon aus, dass die Gruppe der Quastenflosser ausgestorbenen seien. Nur auf Versteinerungen hatte man bisher diese stattlichen, bis zu 1,80 langen Fische gefunden. Im Jahr 1938 wurde jedoch ein Quastenflosser im Fang eines

Fischdampfers vor Südafrika wieder entdeckt. Wobei „wieder entdeckt" nur unsere westliche Perspektive wieder spiegelt, wie eine Begebenheit aus dem Jahr 1952 aufzeigt:

Auf den Komoren wurde auf einem Fischmarkt von Forschern ein toter Quastenflosser aufgefunden. Die Einheimischen bezeichneten das Tier jedoch völlig selbstverständlich als *Kombessa*.

Dieser Fisch galt als selten, hatte minderwertiges Fleisch, doch seine raue Haut eignete sich zum Polieren der Bote - und damit hatte es sich auch schon.

Erst 1987 gelang es, lebende Quastenflosser in zweihundert Metern Tiefe vor den Komoren zu filmen. Eine Sensation in der Fachwelt – die aber wahrscheinlich unter den ansässigen Fischern nur für ein Schulterzucken gesorgt hat.

Beton-Schnecke (Patella radula lapis manducans)

Die Betonschnecke oder auch Steinfresser-Napfschnecke ist mittlerweile zu einer echten Plage der Hafenanlagen in Borneo und Indonesien geworden. Interessanterweise kannte man die Beton-Napfschnecke in früheren Zeiten kaum. Erst als die Menschen begannen, die Hafenanlagen größerer Städte zu betonieren, begann das unscheinbare Weichtier als Schädling aufzufallen. Noch heute ist diese Napfschneckenart in den Hafensiedlungen, die noch mit hölzernen Befestigungen auskommen, völlig unbekannt und fristet ein unbeachtetes Dasein irgendwo vor der Küste auf einem unterseeischen Felsen.

Auch wenn die Gewässer zwischen Indonsien und Borneo meist klar sind, so ist die Beton-Napfschnecke an den Hafenmauern kaum zu erkennen. Ihr Gehäuse ist wie bei allen Napfschneckenarten ein stumpfer Kegel ohne Gewinde. Es erreicht einen Durchmesser von maximal fünf Zentimetern und eine Höhe von drei Zentimetern. Die Oberfläche ist grau und von betonartiger Struktur. Das Gehäuse, das ein wenig die Form eines Hutes hat, bedeckt das Weichtier fast vollständig. Lediglich ein Paar beigefarbene dünne Fühler ragen daraus hervor, wenn diese Schneckenart den Algenbelag auf den Hafenmauern abweidet und dabei leider nicht nur die glitschig-grüne Algenschicht, sondern auch ein wenig von der Betonsubstanz abträgt. So entstand im Indonesischen ein Sprichwort, das unserem *Steter Tropfen höhlt den Stein* entspricht:

Eine Schnecke macht einen Kratzer, aber viele Schnecken zerstören eine Mauer.

Dieses Sprichwort hat sich mittlerweile bewahrheitet. Im Juni 2018 krachte eine australische Touristengruppe in Djakarta ins Meer, weil die unbeliebten Weichtiere den betonierten Hafensteg vollständig unterhöhlt hatten.

Tatsächlich wachsen auf hölzernen, ursprünglichen Hafenbefestigungen andere Algen als auf betonierten Hafenanlagen. Daher sind die letzt genannten Hafenanlagen auch zu einem neuen Zuhause für die steingrauen Weichtiere geworden, die mit ihrer neuen Umgebung verschmelzen und nur von geübten Tauchern entfernt werden können.

Es wird wohl nur eine Frage der Zeit bleiben, bis Larven und Eier der Beton-Napfschnecke auch im Kielwasser von Schiffen in andere Bereiche der Weltmeere gebracht werden. Womöglich wird die zunehmende Erwärmung der Meere die Verbreitung dieser Schneckenart begünstigen.

Im Kieler Forschungsinstitut Geomar werden nun verschiedene Verkleidungen und Beläge für Hafenmauern getestet. Dabei werden zwei Ansätze verfolgt: Zum einen die Ansiedlung der Algen zu verhindern, die die Nahrung der Beton-Napfschnecke darstellen, zum anderen wird nach Strukturen gesucht, die den empfindlichen Fuß des Weichtieres verletzen und somit eine Besiedlung mit Beton-Napfschnecken unmöglich machen.

Eine unscheinbare Napfschnecke, die betonierte Hafenanlagen demontiert?

Nun, diese Lüge ist zumindest mit Fakten untermauert.

Napfschnecken mit ihrem stumpfen kegelförmigen Gehäuse gibt es in verschiedensten Arten in sämtlichen Weltmeeren. Vor allem am Ärmelkanal kann man sie bei Ebbe an Felsen und Hafenmauern beobachten. Es ist fast unmöglich, sie von ihrer steinigen Unterlage zu entfernen (man sollte dies auch nicht tun, um die Tierchen nicht grundlos in Stress zu versetzen). Die Weichtiere sitzen den zeitweiligen Verlust des Meerwassers aus, saugen sich an Felsen und Mauern fest und warten auf bessere Zeiten (beziehungsweise auf die Flut).

Napfschnecken leben von dem schleimig-grünlichen Algenbelag, den sie mit ihrer Raspelzunge vom steinernen Untergrund abweiden.

Fun Fact zum Abschluss:

Die winzigen Zähnchen auf der Raspelzunge der Napfschnecken gehören zu den härtesten Materialien, die im Tierreich vorzufinden sind. Allerdings sind keine Beschädigungen von Hafenmauern durch Napfschneckenbefall bekannt. So sind die Hafenstädte Honfleur, Barfleur, Boulogne sur Meer und Cherbourg seit dem Mittelalter für einen Besuch wärmstens zu empfehlen.

Der Amazonas-Krake (Octopus brasiliensis humboldensis)

Dem Fischer Pedro M. im Dörfchen Salvacao, etwa 300 Kilometer flussabwärts von der Amazonas-Metropole Manaus entfernt, sträuben sich vor Entsetzen die Nackenhaare.

Joel, sein langjähriger Freund und Kollege, treibt mit dem Rücken nach oben in den dunkelbraunen Fluten des Amazonas. Einzig und allein die Tätowierung auf Joels einstmals muskulösen Schultern kann Auskunft darüber geben, dass es sich um Pedros einstigen Jugendgefährten handelt. Der Name GABRIELA zieht sicht als dekorativer Schriftzug über Joels Rücken; zudem ist eintätowierte Name von Joels Ehefrau mit dekorativen Orchideenranken umkränzt.

Die Fläche zwischen den beiden Schulterblättern ist eine der wenigen Körperstellen, die nicht mit kreisrunden, blutunterlaufenen Abdrücken von monströsen Saugnäpfen übersät ist.

„O polvo! (Der Krake!)", stöhnt der Fischer und bekreuzigt sich mehrfach.

Er fürchtet sich vor dem Moment, in dem sein ehemaliger Freund und Kollege aus dem Wasser gezogen und die gesamte Dorfgemeinschaft einen Blick auf Joels Gesicht erhaschen wird. Doch es will die

Tradition, dass die Opfer der grausamen Raubtiere des Amazonas´ gemeinsam beweint und begraben werden.

Der mächtige Fluss liefert seit Menschengedenken Fisch als Lebensgrundlage für alle Menschen, die an seinen Ufern wohnen. Doch er nimmt sich auch Leben, so will es ein uraltes ungeschriebenes Gesetz. Diesmal ist Joel dem Amazonas oder genauer gesagt, dem Amazonas-Kraken, zum Opfer gefallen. Das heimtückische Weichtier lauert in den tiefen Canyons des mächtigen Flusses auf Beute; geht ein Fischer über Bord, so wird er von den mit Saugnäpfen bewehrten Tentakeln in die Tiefe gezogen.

Tragischerweise scheint der Amazonas-Krake ein Gourmet zu sein, er bevorzugt das weiche Gesichtsfleisch und die Eingeweide des Bauchraums, das er mit seinem spitzen Papageienschnabel von seinen Opfern abknabbert. So bietet auch Joel ein beklagenswertes Bild, als man seinen Leichnam ans Ufer zieht. Einzig und allein die Tätowierung auf seinem Rücken kann Aufschluss über die Identität des Unglücklichen geben.

Joels Witwe Gabriela erträgt den dramatischen Todesfall mit bemerkenswerter Stärke. Sie ist mit den uralten Mythen rund um „o polvo" aufgewachsen. Fischersfrauen wie sie mussten seit jeher mit der ständigen Gefahr leben, dass ihr Mann eines Tages

Opfer des mysteriösen Kraken werden könnte – so auch ihr Vater, der vor dreißig Jahren mit einem nahezu abgenagten Gesicht am Ufer des Amazonas aufgefunden wurde.

Wie groß „o polvo" werden kann, darüber streiten sich die Geister. Dies mag auch daran liegen, dass das Wasser des Amazonas meist so trüb wie stark aufgebrühter schwarzer Tee ist und sich daher nicht besonders für präzise Unterwasser-Aufnahmen eignet.

Zudem ist der Amazonas keineswegs ein gleichförmiges Flussgebiet, wie wir es vielleicht aus Mitteleuropa kennen. Die tiefsten Stellen des Amazonas´ weisen nach heutigem Wissen bis zu 100m Tiefe auf.

Der Artenreichtum des Amazonas´ ist enorm. Forscher vermuten, dass im Amazonasgebiet mehr Arten vorkommen als im gesamten Atlantik.

Von diesen Gesichtspunkt aus gesehen, sind die Angaben einzelner Fischer hinsichtlich der Größe des Amazonaskraken zwischen zwei und fünf Metern wohl nur mit einem Achselzucken zu betrachten.

Ein Krake wie aus dem Horrorfilm, in den trüben geheimnisvollen Gewässern des größten südamerikanischen Flusses?

Glasklare Wissenschaft? Oder kann es sein, dass ich euch mal wieder im Trüben fischen lasse?

Grundsätzlich möchte ich anmerken, dass Kraken und andere Kopffüßer bisher noch nie in Süßgewässern beobachtet wurden. Daher würde ich den Amazonas-Kraken eher in die Gruppe der erlogenen und erstunkenen Tierarten dieses Buches einordnen. Warum ich hier an dieser Stelle das Wort *eher* verwende, werden Sie in den nun folgenden Zeilen nachlesen.

Der Biologe und Extremangler Jeremy Wade hat den Amazonas in seiner Doku-Reihe "Flussmonster" wiederholt als das "Aquarium des Teufels" bezeichnet. Dieser fragwürdige Titel für einen artenreichen Lebensraum wie das Amazonas-Delta ist zwar biologisch gesehen nicht korrekt, aber dennoch nicht ganz von der Hand zu weisen.

Tatsächlich tummeln sich in den dunklen, oft trüben und manchmal auch sehr tiefen Gewässern Kreaturen, denen man definitiv nicht beim Schwimmen und Baden begegnen möchte:

Zitter-Aale (Länge bis zu 250cm), die mit Stromschlägen Beutetiere und auch Menschen töten können (wir reden hier von einer Stromspannung von bis zu 860 Volt).

Piranhas, eine aus einschlägigen Horrorfilmen bekannte Fischfamilie, von der aber nur einzelne Arten dem Menschen gefährlich werden können (falls es euch beruhigt).

Süßwasser-Strechrochen (Durchmesser bis zu 80cm): Der giftige Stachel dieses Rochens kann sogar Gummistiefel durchdringen und führt zu äußerst schmerzhaften, nur langsam heilenden Wunden. Daher sind Süßwasser-Stechrochen bei Einheimischen noch gefürchteter als Piranhas. Ein Tipp der Bewohner des Flussdeltas: Muss man einmal einen flachen Flussarm durchqueren, so sollte man dies schlurfenden Schrittes tun. So hätte man eine Chance, den Stechrochen vorzeitig zu verscheuchen, da er die Nähe des Menschen eigentlich meidet. Probleme treten vor allem dann auf, wenn man unvermittelt auf den Stechrochen tritt.

Anmerkung: Dieser Tipp ist etwas für Nervenstarke.

Nicht zu unterschätzen in ihrer Gefährlichkeit sind auch die kleinen, gemeinen Vertreter, so zum Beispiel der Penisfisch, der Schrecken aller südamerikanischen Männer.

Wer sich als Junge oder Mann denkt: „Hier im Dschungel sieht mich ja keiner" und nackt ins Wasser springt, dann seinem Harndrang freien Lauf lässt, bietet schnell einem kleinen streichholzgroßen Fischlein Unterschlupf – und zwar in der Harnröhre. Dort, mitten im besten Stück, gefällt es dem Tierchen so gut, dass es sich erst einmal festsaugt und nur noch operativ entfernt werden kann.

In einer solchen misslichen Lage würde sich jeder wünschen, dieses Fischlein sei als bloße Entgleisung meinem kranken Hirn entsprungen (*„Nein, dies existiert alles nicht wirklich, nur in der Fantasie einer durch und durch verrückten Frau"*), aber so ist es leider nicht:

Der Penisfisch mit all seinen schmerzhaften Konsequenzen ist real.

Falls ihr euch jetzt immer noch fragt, warum sich das landschaftlich durchaus attraktive Amazonasdelta nicht als klassische Badegegend durchgesetzt hat, dann denkt einmal scharf nach.

Es könnten an dieser Stelle noch viele weitere Tierarten hinzugefügt werden, wenn man denn alle Spezies kennen würde, die sich in und an den Gewässern dieses riesigen Flussdeltas tummeln. Wer weiß, vielleicht ist meine Geschichte mit dem Amazonaskraken doch nicht so falsch?

Wer möchte es mal überprüfen, ob sich im Amazonas nicht doch hungrige Kraken angesiedelt haben? Na, wer will als lebender Köder ins dunkelbraune Wasser springen? Naaa? Freiwillige vor!

Der Botox-Giftfrosch (Dendrobates botulismus)

In Brasilien, dem Land der Copacabana, der schönen Menschen (und der Schönheitschirurgie bzw. Schönheitsindustrie) wird eine neu entdeckte Pfeilgiftfroschart aus dem Amazonas-Delta hoch gehandelt. Es ist eine bekannte Tatsache, dass die Ureinwohner des weitläufigen Flussdeltas aus Exemplaren der Familie der Pfeilgiftfrösche ein Gift herstellten, mit denen sie ihre Jagdpfeile behandelten. Ein Schuss und im Idealfall fiel das Wild durch das Gift gelähmt zu Boden. Der Name dieser Familie der Froschlurche erklärt sich somit von selbst.

Generell haben es Mitglieder der Pfeilgiftfrosch-Familie nicht nötig, sich im Regenwald-Dickicht zu tarnen. Im Gegenteil, sie setzen auf Konfrontation und auf eine meist schrill-bunte Färbung, als wollten sie Tiere und Menschen warnen:

„Vorsicht! Ich sag´s dir lieber gleich: Ich bin giftig!"

Dabei ist die Färbung des Botox-Pfeilgiftfrosches ganz niedlich anzusehen. Dieser meist in Bromeliengewächsen lebende Giftfrosch ist am ganzen Körper knallgrün (ähnlich wie sein entfernter Verwandter, unser Laubfrosch). Einzig und allein sein Mäulchen ist leicht angeschwollen und hat die Farbe und den Glanz von schmelzendem Erdbeereis.

Wenn man ein wenig bösartig veranlagt ist, könnte man behaupten, diese Froschart sei in eine Schönheitsklinik gehüpft, habe dort die Lippen aufgespritzt und anschließend mit dem Lipgloss der Marke „Strawberry Frost" geschminkt bekommen.

Ich schweife ab – oder doch nicht. Denn das nur fünf Zentimeter lange, aber hochgiftige Fröschlein wird mittlerweile in hochverdünnter Weise in die erschlafften Wangen alternder reicher Kundinnen gespritzt. Ja, der bekannte Arzt Paracelsus hatte wohl Recht, als er schon vor 500 Jahren sagte:

„Die Dosis macht das Gift."

Denn die glänzende Haut des Fröschleins ist völlig durchtränkt mit einem Gift, das dem bekannten Botulin (oder verdünnterweise Botox aus der Schönheitsindustrie) nahe verwandt ist.

Ein plastisches Beispiel für die Giftigkeit von Dedrobates botulismus:

Angenommen, eine moderne junge Frau lädt ihre zehn Freundinnen zum Trinken von modischen grünen Smoothies ein. Doch zwischen Grünkohl, Apfel, Ingwer, Spinat, Spirulina-Alge und Avocado sitzt ein bedauernswerter Botox-Frosch.

Wenn die junge Frau nun alle Zutaten in den Mixer wirft und kurz daraufhin das modische Getränk mit dem Geschmack und der Farbe von Teichgrütze auf den Tisch bringt, werden alle sterben, zuerst selbstverständlich der Frosch, dann jedoch die fröhliche elfköpfige Damenrunde.

Nun kommt wieder der alte Paracelsus ins Spiel, denn:

In einer hohen Verdünnung kann das Gift eines einzigen *Dendrodates botulismus* die Gesichter von unzähligen Models, Moderatorinnen und Schauspielerinnen glätten und wieder prall erstrahlen lassen.

Selbstverständlich muss der Frosch dafür sein Leben lassen, doch das nehmen wir gerne in Kauf, da wir weiterhin unsere gewohnten Serien und Produkte schauen beziehungsweise kaufen wollen. Es würde uns doch beträchtlich irritieren, würden die Darstellerinnen und Werbe-Ikonen im gleichen Maße altern wie wir selbst.

„Ich habe es jahrelang mit grünen Smoothies versucht", rechtfertigt sich der brasilianische Fernsehstar Fernanda da Silva, „doch um ehrlich zu sein, die schmecken nur wie der Hafenschlick von Sao Paolo und ich muss das wissen, denn ich bin dort aufgewachsen und habe mich aus eigener Kraft als Model und Schauspielerin hochgearbeitet!"

Dies mag man der dunkel gelockten und bewundernswert langbeinigen und schmalhüftigen Schönheit gerne glauben, sofern man seine eigenen negativen Emotionen wie Neid und Missgunst ein wenig zurückschraubt.

„Aber dieses Frosch-Botox, ein paar Spritzen davon in mein Gesicht und ich sehe wieder genauso alt aus, wie ich seit Jahren vorgebe zu sein!"

Fernanda, die seit zwanzig Jahren in brasilianischen Telenovelas immer den verführten Teenager spielt, grinst schelmisch.

Zwar wurde sie bereits für ihre Frosch-Kosmetik von zahlreichen Tierschutzvereinen angegriffen, doch dies lässt Fernanda da Silva einfach abblitzen, ebenso wie die Kritik an ihren Sambakostümen, die unzähligen Flamingos, Schwänen und Kolibris das Leben gekostet haben.

Ein Froschleben für die Schönheit, das war doch zuviel des schönen Scheins, oder?

Habe ich Sie wieder nach allen Regeln der Kosmetikindustrie veralbert?

Nun, die Wahrheit ist komplex, ebenso wie die Frage nach wahrer Schönheit.

Zwar gibt es Pfeilgiftfrösche und diese schrill gefärbten Fröschlein haben ihren Namen nicht von ungefähr. Sie leben hauptsächlich im Amazonasdelta (ja, DAS

Amazonasdelta, das ich schon als das „Aquarium des Teufels" aufgeführt habe).

Optimisten dagegen bezeichnen dieses Flussdelta auch als „die Apotheke der Welt", da hier so viele Pflanzen, Tiere und andere Organismen leben, deren Wirkung wir uns noch nicht bewusst sind. Werden diese Lebewesen einmal Aufschluss geben über die Heilung von Krankheiten oder werden sie uns Krankheiten bringen, je weiter wir in ihren angestammten Lebensraum vordringen? Wir wissen es nicht.

Doch der Botox-Pfeilgiftfrosch ist nach bisherigen Erkenntnissen eine Illusion, ähnlich wie der Wunsch nach ewiger Jugend und Schönheit.

Tatsächlich ist Botulinumtoxin, in der Schönheitsindustrie verdünnt und aufgehübscht als Botox bezeichnet, ein gefürchtetes lähmendes Nervengift, das schon bei geringer Dosis viele Menschen töten kann. Ganz ordinär kann es bei der Zersetzung von tierischen Eiweißen entstehen; ein Alltagsbeispiel hierfür ist ein Glas mit Schweinskopfsülze, beim dem sich der Deckel wölbt.

Bloß nicht mehr essen! Das wusste schon meine sparsame Oma, die ihre Vorräte regelmäßig inspizierte.

Mittlerweile dunkelbraune eingemachte Kirschen und Mirabellen wurden noch gnadenlos weg gelöffelt, aber gewölbte Dosen mit eingesalzenem Schweinefleisch: Hinfort damit!

Ob man sich so etwas wie Botulinumtoxin in verdünnter Form in sein Gesicht spritzen lassen möchte, muss jeder für sich selbst entscheiden. Ich dagegen muss für den Rest meines Lebens an die Wurstdosen meiner Oma denken....

Das Quokka (Setonix brachyurus)

„Quokka haben, Quokka haben!", wiederholte die kleine Mia, mal leise brabbelnd, mal laut und nervtötend, seitdem sie ihre Eltern für zwei Stunden ohne Aufsicht dem Fernseher überlassen hatten. Das hatten sie nun davon.

Was wollte die Kleine nur? Von Tag zu Tag wurde Mias Wunsch nach einem „Quokka" lauter und energischer.

„Ja, wenn das Kleine so ein Quokka will, dann gebt ihr doch ein Quokka!", forderte die Großmutter, „was soll das schon anderes sein als etwas Süßes?"

Doch auch der Gang zum Süßigkeitenregal in diversen Supermärkten brachte die Familie nicht weiter.

„Das nix Quokka!", schimpfte die Kleine entschlossen.

Etwas zum Anziehen vielleicht? Die Mutter nahm Mia auf den Schoß und zeigte der Kleinen die schöne neue Welt des Online-Shoppings, doch das Urteil der Tochter war vernichtend:

„Das nix Quokka!"

Spielzeug, das musste es sein! Doch auch der Besuch beim Spielzeugriesen Joys`r`us konne die Kleine nicht begeistern.

„Versuchen wir´s doch mal in der Tierhandlung!" schlug der Vater vor, „wir hatten doch eh überlegt, uns ein Haustier zuzulegen!"

Zwar wurden Wellensittiche, Meerschweinchen und Goldhamster durchaus mit einem strahlenden Lächeln, dennoch wieder mit dem Satz „Das nix Quokka" kommentiert.

„Hmm, seit wann will Mia ein Quokka haben?", sagte der Vater mehr zu sich selbst als zu Frau und Tochter gedankenverloren am Frühstückstisch.

„Seit etwa zwei Wochen, meine ich!", entgegnete die Mutter unschlüssig.

„Seit etwa zwei Wochen, soso. Gibt es irgendetwas, was wir vor zwei Wochen anders gemacht haben als sonst?", hakte der Vater nach.

Die Mutter überlegte, dann hatte sie einen Einfall:

„Wir haben doch das Regal in Mias Zimmer montiert, und da haben wir sie einfach vor den Fernseher gesetzt, das waren bestimmt zwei Stunden, weil das mit dem Regal doch so kompliziert war. Du hattest ja wieder nicht das richtige Werkzeug und musstest auch noch so ein Billigding kaufen, wo dann die Hälfte gefehlt hat!", erwiderte die Mutter meckernd.

„Naja, die Hälfte auch wieder nicht!", protestierte der Vater, dann beruhigte er sich jedoch wieder.

„Wollen wir mal nicht streiten, das Fernsehprogramm von vor zwei Wochen müsste noch in der Mediathek sein!", sagte er, packte sich Mia, um mit ihr im nächsten Moment die Nachmittagssendungen diverser Mediatheken durchzuchecken.

Nach etwa einer halben Stunde begann die Kleine wie wild auf dem Schoß ihres Vaters zu zappeln.

„Quokka, Quokka!", quietschte sie vor Freude.

„Das ist es also. Na, dann schauen wir uns das mal an, was, Mia?", freute sich die Mutter.

Mia kuschelte sich unter der Sofadecke ein und schaute siegesgewiss auf den Bildschirm. Es schien so, als freue sie sich darauf, ihren Eltern endlich das „Quokka" zeigen zu dürfen.

Eine Tiersendung, das war es also gewesen, das sich Mia in Abwesenheit ihrer Eltern angeschaut hatte. Na immerhin, pädagogisch wertvoll, da kannste ja nix sagen. Ein pummeliges braunes Tier mit Knopfaugen und einem eigenartigen Lächeln zeigte sich auf der Bildfläche. Ein Sprecher begann seine Ausführungen aus dem Off.

Das Quokka

Diese Beuteltierart aus der Familie der Kängurus erfreut die Touristen durch einen ständig lächelnden Gesichtsausdruck.

Quokkas sind ungefähr so groß wie Hauskatzen und wiegen zwischen zwei bis fünf Kilo.

Ihr kurzes, graubraunes Fell ist rauh, der lange Schwanz dagegen fast unbehaart. Auffallend sind die kleinen, runden Ohren, die dem Quokka-Gesicht das Aussehen eines Teddybären verleihen.

Quokkas sind im westlichen Australien verbreitet, bevorzugt sind dicht bewachsene Sumpfgebiete. Ursprünglich hielten die weißen Siedler in 18. Jahrhundert das Quokka aufgrund seines langen Schwanzes für eine große Rattenart. Der Name der westaustralischen Insel „Rotten Island" deutet noch darauf hin.

Leider werden diese possierlichen Beuteltiere nicht mehr in europäischen Zoos gehalten, und auch ist in Australien ihr Bestand stark geschrumpft. Quokkas zählen zu den weltweit bedrohten Tierarten.

„Och, das ist aber schon süß, so ein Quokka, lass uns die Reportage mal weiter gucken", meint Mias Mutter. Doch kurz darauf wird sie enttäuscht:

So niedlich Quokkas durch ihren lächelnden Gesichtsausdruck wirken, so sehr sei Touristen von Selfies mit Quokkas abgeraten. Die kleinen Beuteltiere besitzen scharfe Krallen und können kratzen, sogar kickboxen und beißen, wenn sie sich gestört fühlen.

Das Quokka ist und bleibt ein Wildtier. Wer versucht, ein Quokka von Rotten Island zu entführen und als Heimtier zu halten, macht sich strafbar und muss mindestens 200 Euro Bußgeld zahlen.

„Nix Quokka!", sagt die kleine Mia entschlossen, dann schweigt sie bedeutungsvoll.

Offenbar hatte sie vor zwei Wochen nur den ersten Teil der Reportage gesehen.

Tatsächlich war es ein kleiner Jack Russell-Terrier, der in den folgenden Jahren das Leben der Familie bereicherte. Das Wort „Quokka" kam Mia nie wieder über die Lippen.

Ein niedliches, dauergrinsendes Mini-Känguruh, das aber in Wirklichkeit ganz schön fies werden kann?

Wahr oder erfunden?

Nun, es gehört im Leben von Dreijährigen dazu, dass sie nicht alles bekommen können, was sie sich wünschen.

Im Falle des Quokkas ist dies auch gut so – für Mensch und Tier.

Vor allem, wenn die niedlichen Beutler Blätter fressen, verziehen sie ihr Gesicht zu einer freundlich lächelnden Grimasse, die ihnen auf diversen Social Media-Plattformen eine gewisse Berühmtheit beschert hat.

Doch man soll weder uns Menschen, noch andere Kreaturen nach ihrem Äußeren bemessen!

Quokkas, die kleinen australischen Beuteltiere, sind trotz ihres comichaft-niedlichen Aussehens definitiv Wildtiere, die sich nicht zum Schmusen und Kuscheln eignen.

Das Falsche Meerschweinchen (Porcellus marinus)

Das Falsche Meerschweinchen ist eine Meeresnacktschneckenart mit vorzugsweise rosafarbener oder auch braun-weiß gescheckter Haut. Ihren Namen bekam das friedfertige Weichtier durch seine rundliche Gestalt, die durchaus an das bekannte Heimtier erinnert. Wie das von allen Kindern geliebte Meerschweinchen wird auch das Falsche Meerschweinchen etwa fünfundzwanzig Zentimeter lang und bis zu 1500 Gramm schwer. Ähnlich zu dem bekannten freundlichen Nagetier ist auch die ebenfalls vegetarische Ernährungsweise des Falschen Meerschweinchens, da diese Meeresnacktschnecke fast ihr ganzes Leben damit verbringt, Seegraswiesen abzuweiden. Einen Stillstand in der Nahrungszufuhr vertragen weder das Falsche Meerschweinchen noch das bekannte Land- Meerschweinchen besonders gut. Beide Arten sind auf eine ständige Verdauungstätigkeit angewiesen.

Es wäre aber falsch anzunehmen, dass es sich bei dem Falschen Meerschweinchen um eine uninteressante Tierart handeln würde; gerade das Paarungsverhalten dieser Art ist für eine Meeresnacktschnecke äußerst ungewöhnlich und wird daher gerne von Tauchern beobachtet.

Der Werbungsvorgang kann sich über mehrere Stunden hinziehen, wobei es für beide Partner dazu gehört, sich immer wieder abzuweisen, um sich dann einer bis zu einstündigen Paarung hinzugeben. Leider sorgt die immense Vermehrungsfähigkeit des Falschen Meerschweinchens auch immer wieder für ökologische Probleme. Da das Falsche Meerschweinchen grundsätzlich in den Seegraswiesen warmer Meere zu Hause ist, bietet die Klimaerwärmung für das vermehrungsfreudige Weichtier ungeahnte Chancen. Auch die zunehmende Belastung unserer Gewässer mit landwirtschaftlichen Einleitungen wie Gülle etc. bereitet dieser Meeresnacktschnecke keinerlei Probleme.

Um es sehr einfach auszudrücken:

Das paarungswütige Falsche Meerschweinchen liebt es warm und dreckig.

Vor allem für die Bewohner der Küsten Floridas, Alabamas und Louisianas stellte sich in den letzten Jahren immer wieder die Frage, wie das inzwischen massenhaft auftretende Falsche Meerschweinchen zu vermarkten wäre. Einzelne Versuche, das Falsche Meerschweinchen als Heimtier anzupreisen, scheiterten bereits. Im Gegensatz zu dem bekannten Land- und Nagetier eignet sich die glitschige Meeresnacktschnecke nicht zum Kuscheln auf dem Schoß.

Auch wurde ihr Geschmack, den Testesser als salzig-fischiges Gummibärchen mit einer leichten Kohlrabinote beschrieben, nicht als geeignet für eine Verwertung in der Gastronomie erachtet.

Doch während das Falsche Meerschweinchen die Seegraswiesen Floridas bis auf den letzten Halm abgrast, nähert sich bereits eine Hoffnung aus der Kosmetikindustrie:

Beobachtern zufolge wurde noch nie eine einzige Falte auf der prall-speckig glänzenden Haut des Meeresbewohners gesehen.

„Na, ich weiß nicht", sagte letztens meine Kosmetikerin, als ich ihr von der faltenfreien Haut des Falschen Meerschweinchens erzählte, „die einen sagen ja immer: Du bist, was du ist. Ich sage ja immer: Du bist, was du dir draufschmierst. Und wer will schon eine fette Schnecke sein?"

Eine fette wabbelige Meeresschnecke, die massenhaft vor der Küste Floridas vorkommt und die man nun kosmetisch verwerten will? Grundsätzlich keine schlechte Idee, so ein wenig Schnecken-Kollagen in eine Creme zu rühren, zumal in viele Kosmetika einige Bestandteile enthalten, die wesentlich gesundheitsschädlicher sind.

Schöne Idee, aber wie so viele Versprechungen der Kosmetikindustrie, einfach nur dreist gelogen.

Beinahe wären Sie mir auf den Leim (beziehungsweise Schneckenschleim) gegangen, was?

Giftige Kegelschnecke (Conus striatus)

„Ich habe eine Möglichkeit gefunden, den kapitalistischen Klassenfeind mit biologischen Waffen zu vernichten, ohne aber wegen Kriegsverbrechen angeklagt werden zu können!", beginnt der nordkoreanische Verteidigungsminister Kim Bam Bum seine Ausführungen vor dem Verteidigungsministerium.

„Als biologische Kampfstoffe zählen Bakterien, Viren, Pilzsporen und Toxine, also Giftstoffe", doziert der Verteidigungsminister, „aber von giftigen Meeresschnecken hat noch keiner was gesagt!"

Der nordkoreanische Verteidigungsstab schweigt andächtig. Zum einen, weil das Argument, eine giftige Meeresschnecke sei noch nicht als offizielle biologische Waffe registriert, durchaus schlüssig ist. Zum anderen jedoch verbietet sich jegliche Kritik an Kim Bam Bum, es sei denn, man möchte für den Rest seines Lebens die Innenarchitektur nordkoreanischer Straflager studieren.

„Nun", beginnt der schwergewichtige Verteidigungsminister, dem seine Vorliebe für glasierte Schweinerippchen anzusehen ist, „die Natur spielt uns in die Hände. Das Gehäuse der Schneckenart Conus striatus ist derart hübsch marmoriert, dass es manch ein Taucher aufzuheben und für seine heimische Sammlung mitzunehmen gedenkt! Doch dann schlägt der Rüssel mit seinen Harpunenzähnen zu, hahaha, haaa!"

Der Verteidigungsstab schweigt weiterhin.

„Was man ja nicht soll, einfach so Gehäuse vom Meeresgrund mitnehmen!", doziert Kim Bam Bum, „doch welcher Taucher könnte bei einem Schneckenhaus mit einer derart schönen dunkelbraun-weißer Maserung schon widerstehen? Und nun schlägt die Stunde unserer Killerschnecke! Fühlt sich das Weichtier gestört, so schießt seinen Rüssel in Richtung des Ruhestörers ab – und der hat es in sich, Krämpfe auslösendes Gift, ich konnte es bei meinen Tauchausflügen im Dienst des Großen Vorsitzenden vor der australischen Küste erfahren – hahahahaaaa – hahahahahaaaaaa!"

Das Doppelkinn des Kriegsministers schwillt über dem Kragen der Uniform bedrohlich an und wechselt in eine ungesund bläulich-lila Farbe.

Könnte dies nun die Chance sein? Besonders beliebt war der Kriegsminister nie....

Kollektiv hebt der Verteidigungsstab seine Augenbrauen nach oben.

Doch der Kriegsminister besinnt sich und nimmt einen Schluck Wasser aus einem neben ihm stehenden Glas.

„Es ist ein Jammer, dass diese Schneckenart ihre wunderbaren Toxine normalerweise nur für die Tötung einzelner Fischchen nutzt, die sie dann verspeist. Was könnte man mit diesen wunderbaren Giftstoffen sonst noch alles anrichten! Und umso trauriger, dass Conus striatus nur in warmen pazifischen Gewässern vorkommt! Wir müssen eine genetische Mutation erstellen, die es auch in den vergleichsweise kühlen Gewässern vor Kalifornien aushält. Man stelle sich vor: Familien von Großkapitalisten, die ihren Kinder die Schönheit der kalifornischen Algenwälder zeigen wollen, wie sie von einer mutierten Form von Conus striatus einfach so ausgelöscht werden. Väter, Mütter, Kinder - ha- hahahaha- haaaa!"

Nun tut es der Verteidigungsstab Kim Bam Bum gleich und schließt sich dem wahnwitzigen Lachen an. Bloß nicht auffallen, vielleicht lauern in dem Bassin da vorne schon eine Reihe mutierter Giftrüssel-Schnecken, begierig darauf, ihr Krämpfe auslösendes Gift in den nächstbesten Regierungsgegner zu schießen?

Ein tödlich giftiges Weichtier in hübscher Hülle, wahr oder erfunden?

Ob der Kommunismus noch real existiert, darüber mag man streiten. Kim Bam Bum als Verteidigungsminister wurde von mir frei erfunden, aber der Name gefällt mir.

Doch Conus striatus (auch genannt der Gestreifte Kegel) existiert wirklich.

Zwar ist diese, in warmen Gewässern des Pazifiks und Indischen Ozeans vorkommende Meeresschneckenart, nur sechs bis zwölf Zentimeter groß, dafür ist das Gift umso wirksamer, das sie mit einem gezähnten Rüssel in ihr Opfer abgibt.

Von einer Aquarienhaltung dieses Weichtiers wird daher dringend abgeraten. Eigentlich logisch, aber ich wollte es nur einmal gesagt haben.

Bezeichnenderweise ist der Mensch der Hauptfeind von Conus striatus, obwohl diese Meeresschneckenart einen einzelnen Homo sapiens mühelos auslöschen könnte. Es ist das hübsche Schneckenhaus, das Conus striatus zu einem begehrten Sammlerobjekt macht. Und am schönsten sind immer noch die Gehäuse, die nicht ausgebleicht am Strand gefunden, sondern sozusagen frisch von Korallenriff gepflückt werden.

(Auf das Leben des Weichtiers ist dann erst einmal gepfiffen).

Doch aufgepasst, Mensch, du Ausbeuter, Räuber und Zerstörer! Der Rüssel der Meeresschnecke Conus striatus kann sogar Handschuhe und Taucheranzüge durchdringen!

Bedenke, Homo sapiens: Gegen das Gift des Gestreiften Kegels gibt es bislang kein Gegengift. Die Behandlung im Krankenhaus zielt nur darauf ab, dich räuberischen Primaten bis zum vollständigen Abbau des Giftes am Leben zu erhalten.

Kapitel 5

Mahlzeit!

Nun, liebe Mitgeschöpfe der Art Homo Sapiens, die Welt wird immer kleiner, wir sind alle miteinander vernetzt. Da sagt mancher: „Das juckt mich doch nicht!"

Doch die Art und Weise, wie wir leben und vor allem, was wir essen, wird eines Tages unser Zusammenleben bestimmen.

Wird es noch möglich sein, dass wir uns gnadenlos mariniertes Schweine- und Rindfleisch aus einer Plastikverpackung schlurpsend auf unseren Grill drücken, während der Rest der Welt damit beschäftigt ist, die Sojabohnen für unsere Nutztiere anzubauen?

Doch wem drückt überhaupt nach einer ordentlichen Party noch Magen, Galle und Leber, vom Gewissen ganz zu schweigen?

Hungern will keiner von uns, das steht fest, lieber fett werden, dann Geld für Fitnessgeräte ausgeben und für ein paar Wochen dünn werden, dann fett werden, und immer so weiter….

Und wenn andere hungern, zum Beispiel die, die das Futtergetreide anbauen? Die kennen das nicht anders und wir kennen die doch auch nicht…!

Oder wenn die leiden, die uns das Fleisch liefern? Vielleicht leiden sie ja auch nicht so sehr, denn Massentierhaltung kann man ja auch als Gemeinschaftserlebnis sehen.

Oder sollten wir unsere Ernährung komplett umstellen, damit wir weiterhin Milliarden von Erdenbürgern ernähren können?

(Immerhin habe ich als weißhäutige, leicht übergewichtige Vierzigjährige meine erste Lebenshälfte damit verbracht, Hähnchenbrüste und Schweinekoteletts zu verspeisen. Da kann die Jugend von heute weltweit gerne Burger-Patties aus Mehlwürmern und Algen verputzen, wenn dies denn umweltfreundlicher ist).

Vielleicht liefert das folgende Kapitel Ideen darüber, wie wir uns in Zukunft ernähren und nachhaltiger leben wollen. Denn nachhaltig leben, das ist vor allem das, wofür die Anderen bezahlen. Gott sei Dank.

Palmendieb (Birgus latro)

„Mhh jaaa, alles inklusive!", grunzte Helmut und nahm einen großzügigen Schluck aus seinem Kokosnuss-Cocktail. Türkisblaues Meer, weißer Sand, Sonne und Palmen – besser konnte der Tropen-Urlaub nicht sein. Jetzt nur noch ein kleines Schläfchen bei angenehmem Seewind und 30 Grad...

„Raah - röchel - würg!" Ein schweres, kantiges Etwas prallte auf Helmuts sonnenverbrannten Bauch. Er verschluckte sich an den zäh-cremigen Kokosresten im hinteren Bereich seines Rachens.

War dies ein merkwürdiger Gag des Hotelbetreibers, den er vielleicht ohne nachzudenken unter dem Gesamtpaket „Weihnachtsinsel komplett" gebucht hatte? Er war hier schon seit zehn Jahren Stammgast, und hier, im *Paradise Ressort*, geschah nichts, ohne dass man es vorher gebucht hätte. Schreckstarr beobachtete Helmut die dunkle, graubraune Kreatur, die über seinen Bauch kroch und ihre Beine und Scheren durch sein ergrautes Bauch- und Brusthaar grub. Nach dem Gewicht, das sich auf seinen Leib drückte, schätzte Helmut, dass dieses Wesen wohl etwa 40 cm lang und drei Kilogramm schwer sein musste.

„Was ist daaaas denn?", jammerte seine Frau Helga, „Steward, Sterward, remove it! (Ober, entferne es!)"

Ein einheimischer Bediensteter des *Paradise Ressorts* näherte sich dem deutschen sonnenverbrannten Urlauberpaar mit gleichmütiger Miene, griff das Tier beherzt am Hinterleib und setzte es auf den Sandboden, wo sich der stattliche Krebs mit seinen Scheren und Hinterbeinen seinen Weg in Richtung der nächsten Palme bahnte.

Helmut beobachtete fassungslos, wie das gigantische Krustentier langsam, aber sicher, den Stamm der Palme hinaufkletterte.

Abends, beim *All you can eat-Buffet*, verging Helmut plötzlich der Appetit, als er, angerichtet zwischen Limetten und Ananasscheiben, gekochte Krebsscheren und Krebsschwänze erblickte.

War dies etwa das gleiche Panzertier, das eben noch so unsanft den Urlaubsschlaf beendet hatte?

Vorsichtshalber nahm sich Helmut lieber mit einer Greifzange drei Wiener Würstchen gleichzeitig. Eines hätte auch genügt, aber man musste ja zugreifen, wenn die so was Gutes hier mitten im Indopazifik mal da hatten.

„Ist - is- das- this-äh-this the big crab?", stotterte Helmut und zeigte auf die gegrillten Krustentier-Teile.

„Yes, big crab", entgegnete lächelnd der Kellner.

Helmut zog es vor, sich für den Rest des All-inclusive-Urlaubs von Wiener Würstchen zu ernähren.

Eine rosafarbene undefinierbare Pampe, in eine längliche Form gepresst, da wusste man doch wenigstens, wo man dran war!

„Palmendieb, der weltgrößte Landkrebs", begann Helga, als ihr Mann knackend in die vertraute Mahlzeit biss, „guck mal, da steht´s in dem Prospekt!"

Der Palmendieb oder Coconut Crab

Der Palmendieb (Birgus latro) ist das größte an Land lebende Krebstier der Welt. Ausgewachsen erreichen Palmendiebe eine Körperlänge von 40 Zentimetern und ein Gewicht von vier Kilogramm. Die Spannweite der Beine kann sich bis zu einem Meter erstrecken.

Palmendiebe können nicht schwimmen und würden im Wasser ertrinken. Zwar besitzt dieser große Landkrebs kiemenähnliche Atmungsorgane, die jedoch regelmäßig mit Wasser befeuchtet werden müssen.

Palmendiebe sind in der Lange, Kokosnüsse mit ihren massigen Scheren zu knacken und zu verspeisen, was ihnen den englischen Namen „Coconut Crab" verschafft hat.

Generell ist diese Landkrebsart erstaunlich kräftig und vermag Gegenstände von bis zu 28 Kilogramm hochzuheben.

„Dann wollen wir doch mal Vorsorge tragen, dass mich so ein Vieh nicht noch wegträgt", sagt Helmut grinsend und nimmt sich ein fünftes Wiener Würstchen vom Buffet.

Helga grinst säuerlich. Waren es neulich nicht HUNDERTachtundzwanzig Kilo gewesen, die den Hausarzt zu einem ernsten Gespräch mit Helmut veranlasst hatten?

Ein gigantischer Landkrebs, der Urlauber auf paradiesischen Inseln erschreckt, und zwar ohne dass man ein solches Erlebnis gebucht hätte? Wahr oder erfunden?

Den bizarren Palmendieb gibt es tatsächlich. Sein englischer Name „Coconut Crab" deutet zwar schon darauf hin, dass er in der Lage ist, Kokosnüsse zu öffnen und das weiße Fruchtfleisch zu vertilgen. Doch Kokosnüsse bilden nicht die einzige Nahrung für den stattlichen Landkrebs; er ist vielmehr ein robuster Allesfresser, der auch andere Früchte und Pflanzenteile, Mäuse und Aas vertilgt.

Auf einigen Inseln des Indopazifiks wird der Palmendieb als Deliktesse geschätzt; er dort wird ähnlich wie Hummer oder Languste gekocht. Sein

Fleisch soll im Geschmack dem der genannten großen Krustentiere ähneln.

Allerdings soll es auch schon Vergiftungen nach dem Genuss von Palmendieb-Fleisch gekommen sein, vermutlich deshalb, weil die Tiere manche verzehrte Pflanzengifte nicht ausscheiden, sondern in ihrem Körper einlagern.

Da sollte man wohl doch lieber zu den Wiener Würstchen mit dem vertrauten rosafarben - durchgemahlenen Inhalt greifen!

Der Autarke Scarabäus (Scarabaeus autarcus)

Die alten Ägypter verehrten eine Käferart namens *Scarabaeus sacer*, genannt den *Heiligen Pillendreher*. Diese Insekten fielen besonders durch ihr zahlreiches Auftreten und durch die Angewohnheit, Kugeln aus Kot zu drehen und in ihre Behausung zu rollen, auf. Ausgerechnet ihre Unermüdlichkeit, den Kot anderer Tiere zu Kugeln bzw. „Pillen" zu drehen, verschaffte den Tieren die Ehre, bei den alten Ägyptern als Kraftsymbol zu gelten. Noch heute findet man unzählige Schmuckstücke und Amulette, auf denen der Käfer nachgebildet aus Gold, Glas oder Edelsteinen zu finden ist.

Dramatische Klimaveränderungen verursachten jedoch im südlichen Ägypten derart heftige Dürrezeiten, die eine vollständige Vernichtung der dort ansässigen Menschen, Ziegen und Rinder zur Folge hatten. Dies bedeutete auch für den Scarabäus eine Bedrohung, da ihm nun weniger Ausscheidungen (sei es von Mensch oder Vieh) zu seiner Ernährung bereit standen.

In dieser Zeit, die Forscher ungefähr auf das 18. Jahrhundert einordnen, muss eine Mutation des *Scarabaeus sacer* entstanden sein:

Der *Autarke Scarabaeus*

Diese Tiere können sich fast ihr ganzes Leben wieder und wieder von ihrem eigenen Kot ernähren. Sie müssen nur ungefähr zehn Gramm jährlich fremde Ausscheidungen fressen, damit in ihren Verdauungsorganen wieder neue chemische Verbindungen (vor allem Eiweiße) hergestellt werden können. Von diesen wenigen „fremden" Mahlzeiten einmal abgesehen, frisst und kotet der Autarke Mistkäfer in einem nahezu perfekten Kreislauf.

Mittlerweile hat sich im südlichen Ägypten die menschliche Bevölkerungszahl längst wieder erholt, was zwangsläufig auch wieder einen Anstieg der Nutztiere nach sich zog. Dies hat auch den altbekannten Scarabäus wieder in das südliche Ägypten gelockt. Beide Arten, der *Scarabaeus sacer* und der *Autarke Scarabaeus*, leben heute in diesem Landstrich. Da der *Autarke Scarabäus* wie oben beschrieben äußerst genügsam ist (autark bedeutet nichts anderes als genügsam und selbst versorgend), stellen die beiden Arten keinerlei Konkurrenz füreinander dar.

Angesichts einer steigenden Weltbevölkerung ist die Lebensweise des *Autarken Scarabäus* für das Welternährungsprogramm der Vereinten Nationen von großem Interesse.

„Warum nicht mal die eigenen Ausscheidungen noch einmal verwerten, wenigstens einmal pro Woche?", fragte der Ernährungswissenschaftler und Wirtschaftswissenschaftler Prof. Dr. Gerhard Gulo in seinem viel beachteten Buch „Kalorien für Milliarden – Die Ernährung der Zukunft", über das auch zahlreiche Tageszeitungen berichteten.

„Naja, ick weeß nicht. Einerseits könnte ick ne Menge Kohle sparen, wenn ick mit meener Familie daheim, na Se wissen schon, meene eigene, na Se wissen schon…. fressen würde. Aber´n büschen eklig is dit schon. Aber so jeseehn, mein Mann saacht ja immer zu unsere Jolina, dat se mit ihrem janzen Fastfoodkram nur Scheiße frisst. Da käme et ja auf det selbe raus", sagt Frau Stahnke, eine Berliner Kioskbesitzerin. Paul, ihr Stammgast, hebt seine angetrunkene Bierdose zustimmend und grinst zahnlos.

Ratlos fahre ich weiter durch unser Land. Bei den Stadtmenschen scheint diese an sich sparsame und vielleicht zukunftsfähige Idee noch nicht ganz angekommen zu sein. Anders sieht es in Brandenburg aus.

„Ick hab es schon probiert, und ick muss sagen, es kommt geschmacklich an *Geschmorte Nierchen in brauner Soße* ran, wie sie Oma immer jemacht hat. Für mir jeht det in Ordnung, ick mag es ja eher herzhaft. Nur meine Frau, die zieht noch nicht mit!", erklärt Mirko L., der nicht mit vollem Namen genannt werden will. In seiner Selbstversorger-Lebensgemeinschaft „Auguste Viktoria" am Rande des Ortes Klein-Belchow könnte ein Gespräch mit einer „klugscheißerischen Büchertante" (Original-Aussage!) wie mir womöglich Ärger mit den übrigen Bewohnern geben.

Im Ort sieht man die Selbstversuche der Lebensgemeinschaft jedoch kritisch.

„Also, wenn Herr L. meint, seine eigene -Sie wissen schon- würde schmecken wie Omas geschmorte Nierchen, dann konnte seine Oma aber schlecht kochen. Geschmorte Nierchen, die können sie bei mir aber leckerer bekommen!", sagt die Inhaberin der Klein-Belchower Strandperle, einem hübschen Ausflugsrestaurant mit idyllischem Seeblick.

Wahr oder erfunden?

Ein sch…fressender Käfer als Vorbild für die Ernährung einer steigenden Weltbevölkerung?

Das war dreist gelogen.

Tatsächlich lebt der so genannte *Heilige Scarabäus* von Ausscheidungen – nur eben von den Ausscheidungen anderer Lebewesen.

Es gibt jedoch Lebewesen, die hin und wieder ihren eigenen Kot fressen, jedoch nicht als eigenständige Ernährung, sondern zur Versorgung mit lebenswichtigen B-Vitaminen. Ein Beispiel für diese etwas merkwürdige Angewohnheit ist unser allseits bekanntes Hausmeerschweinchen. Diese Pflanzenfresser scheiden feste dunkelbraune und hell-rötlichbraune Kotpillen aus. Der rötliche so genannte Blinddarmkot enthält B-Vitamine, die durch Verdauung gebildet wurden und die das Meerschweinchen durch seine herkömmliche, rein pflanzliche Ernährung nicht aufnehmen kann.

Die Cröllwitzer Wut-Pute (Meleagris gallopavo Linnaeus f. domnestica var. furor civii)

„Keine Putenmast vor unserer Haustür!", steht in knallroten Buchstaben auf dem Schild, das Petra Unger gerade zur Seite gelegt hat.

„Sie müssen mich entschuldigen, ich muss bei der ganzen Aufregung erstmal etwas essen! Ein Putenmastbetrieb hier bei uns im schönen Odenwald, das geht ja mal gar nicht!", sagt die rotbackige Anführerin der hessischen Protestbewegung *Ei gude – keine Pute!* und holt eine Frühstücksbox mit appetitlichen braunen Bällchen hervor.

„Geflügelfrikadellen - sooo lecker und praktisch kein Fett und sooo billig, da kann man ja nicht widerstehen, wollen Sie auch mal?", schmatzt Frau Unger. Ich lehne dankend ab.

„Nun…", beginne ich vorsichtig meine Frage, „ein Putenmastbetrieb im Odenwald – wo ist für Sie das konkrete Problem?"

Frau Unger kaut.

„Na, das ist doch klar. Bei Putenmastbetrieben fallen jede Menge Dreck, Gülle und Sch---, na Sie wissen schon, an. In so einer schönen Gegend wie im Odenwald muss das doch nicht sein. Das kann man doch auch im langweiligen Norddeutschland machen, da ist doch eh alles flach. Was die da oben in Norddeutschland machen, ja, das geht mich doch nichts an!", ereifert sich die Aktivistin.

„Nun, Sie haben eben auch Geflügel gegessen und das musste ja auch irgendwo gemästet werden", widerspreche ich.

„Also, was ich esse, das geht ja keinen etwas an und das hat auch nichts mit meinem politischen Engagement zu tun!", schimpft Frau Unger. Ihr fülliges Gesicht hat mittlerweile eine kräftige Gesichtsfarbe angenommen.

Ich schüttele den Kopf. Billig-Fleisch in sich hineinstopfen und dann gegen eine Putenmastanlage demonstrieren…

„Petronella, jetzt sag doch auch mal was!", fordert Frau Unger einen weiß-schwarzen Federbüschel auf.

„Gurrrr-gurrrr-gaaack!", gibt der Federbüschel von sich und richtet sich zu beachtlicher Größe auf. Ein nackter Hals steigt aus der schwarz-weißen plüschigen Fülle auf und verfärbt sich in ein grelles Rot.

„Du liebe Güte, was ist DAS denn?!", stammele ich angesichts des merkwürdigen Wesens, das mir bis ans Knie reicht.

„Ja -ha-ha, da staunen Sie, was? Das ist eine Cröllwitzer Wut-Pute! So! Die macht ordentlich Lärm und die wird denen da oben mal zeigen, dass die nicht alles mit unserer schönen Gegend machen können! Unsere Wut-Pute Petronella habe ich immer dabei, wenn wir gegen den Putenmastbetrieb demonstrieren!"

„Gurrrr-gaaack!", ergänzt die Cröllwitzer Wut-Pute mit dem wunderschönen Namen.

Zwei kleine Mädchen kommen angerannt, umkreisen das Wundertier Petronella, strecken ihm die Zunge heraus, kichern und machen zischende Geräusche.

Petronellas Hals nimmt nun eine dunkelrote Farbe an, die bis in ihren fast kahlen Kopf hinaufsteigt. Für einen kurzen Moment sorge ich mich, dass der Kopf der Pute noch platzen könnte.

„Martha! Maria! Das sollt ihr doch nicht! Hört auf, unsere Cröllwitzer Wut-Pute zu ärgern!", schimpft Frau Unger. Die beiden Mädchen laufen zurück zu ihren Müttern.

„Das hat Petronella nicht verdient. Cröllwitzer Wut-Puten sind soziale Tiere. Sie haben ein sehr gutes Brutverhalten, denn sie brüten auch fremde Puten-Eier aus. Unser Wut-Pute, äh, Put-Wute, ist also eine echte Brut-Wute, also Wut-Brute, äh, Put-Brute, äh, Brut-Pute!"

Selten ein solches Gestammel gehört. Ich untersuche Frau Ungers Gesicht auf Anzeichen eines Schlaganfalls.

Polizeiwagen fahren mit Blaulicht und lautem Tatütata in den Feldweg ein, der zu dem Protestcamp führt. Offenbar war die Demonstration gegen den Putenmastbetrieb nicht ordnungsgemäß angemeldet worden.

Mit einem lauten „Gurr-gurr-gaack!" stürmt Petronella den Polizeibeamten entgegen.

„Jawoll, Petronella!", ruft Frau Unger dem aufgebrachten Vogel nach, „für eine freie Welt!"

Eine Wut-Pute für Wut-Bürger?

Wahr oder erfunden?

Weder noch!

Die *Cröllwitzer Landpute* ist eine alte Putenrasse, die tatsächlich ein sehr gutes Brutverhalten besitzt. Sie brütet sogar die Eier anderer Geflügelarten aus. Meine Tochter Marija und meine Nichte Martha hatten als kleine Mädchen einmal in einem Tierpark einen Riesenspaß mit diesem großen, weiß-schwarz gefiederten Vogel. Kopf und Hals der Cröllwitzer Landpute sind fast kahl, so auch bei diesem Tier damals. Kaum näherten sich die beiden Cousinen quietschend und lachend, schwoll der Hals des Vogels dunkelrot an. Je aufgeregter die Pute war, desto höher stieg die Färbung an. Man hätte am langen Hals des Tieres auch eine Messlatte anbringen können.

Die beiden Mädchen hatten den Trick schnell raus: Die Pute mit lautem Gegickel und mit Grimassen ärgern, dann kurz aus ihrem Blickfeld verschwinden, nach kurzer Zeit wieder auftauchen und das Spielchen von neuem beginnen. Der Hals des Tieres veränderte seine Farbe innerhalb von Sekunden von hellrosa bis dunkelrot.

Das ging so lange, bis meine Schwester und ich Mitleid mit dem verärgerten Vogel hatten und wir mit den beiden Mädchen zum nächsten Tiergehege gingen.

Eine Cröllwitzer Wutpute gibt es definitiv nicht. Es dürfte die *Cröllwitzer Landpute* aber verärgern, dass sie in den letzten zwanzig Jahren vom Aussterben bedroht war. Die heutige Geflügelzucht verlangt schnell wachsende Putenrassen. Die langsam wachsende Cröllwitzer Landpute war nicht mehr gefragt. Doch die Bio-Landwirtschaft entdeckt dieses alte Haustier wieder, zumal das Fleisch dieser Geflügelsorte besonders gut schmecken soll.

Die *Weißfußmaus* als Pizza - Maus (Peromyscus leucopus)

„Mann Laurin, nur Pizza, Pommes, Würstchen und Burger! Du musst auch mal was Gesundes essen, sonst hast du in ein paar Jahren deinen ersten Herzinfarkt!", schimpft Oma Ingrid, eine rüstige Rentnerin, seit dreißig Jahren Vegetarierin und Mitglied des Deutschen Alpenvereins.

Träge-genervt blickt Laurin, der sechzehnjährige Enkel der gesundheitsbewussten Seniorin, von seinem Smartphone auf.

„Och Oma, Gemüse ist nur was für Alte, Streber und Looser. Coole Leute essen Burger!

Außerdem kann das alles nicht so schlimm sein, denk´ mal an die Pizza-Maus!", entgegnet der deutlich übergewichtige Teenager.

„Pizza-Maus, die Imbisskette, wo ihr immer bestellt?"

„Nee, nee, Oma, die mein´ ich nicht!", trumpft Laurin auf, „da gibt´s jetzt in New York so ´ne neue Mäuseart, die lebt fast nur von Pizza, Pommes und so Kram, weil das die New Yorker ja auch essen. Und die hat nix – kein Arteriendingsbums, nix mit dem Herz, gar nix! Jetzt wird diese Mäuseart sogar erforscht, weil man wissen will, was die im Körper irgendwie anders macht. Ich glaub´, ich bin auch so ´ne Art Pizza-Maus, nee, bei mir wär´ das ja Pizza-Mensch!"

„Na, das ist bestimmt wieder so ne Hox, nee, Hoax, so ne Fehlmeldung, also Zeitungsente, das hat man bei uns früher gesagt!", kontert Oma Ingrid.

Oh weia. Seitdem Mama ihr ein Smartphone geschenkt hatte, hatte Oma Ingrid beängstigend schnell dazu gelernt. Seitdem war sie auf allen möglichen Internetportalen unterwegs, hauptsächlich, um sich über eine gesunde Lebensweise zu informieren.

„Weißt du was? Nur weil ich siebzig bin, bin ich noch lange nicht blöd! Das googeln wir jetzt beide mal!"

Siegesgewiss zieht die Seniorin ihr Smartphone aus ihrer Jackentasche und kurz darauf sitzen Enkel und Großmutter einträchtig lesend, tippend und scrollend auf dem Sofa.

„Eieiei, tatsächlich, eine neue Unterart der *Amerikanischen Weißfußmaus!*" Oma Ingrid pfeift anerkennend durch die Zähne und liest weiter:

Mäuse können sich bezüglich ihrer täglichen Nahrung schnell anpassen, je nachdem, wo sie leben. Manch eine Maus frisst Getreide und Insekten, manch eine Maus menschliche Essensreste. Von Essensresten, besonders von Fast Food, gibt es in nordamerikanischen Großstädten reichlich. Nun haben

Forscher in den USA solche Stadtmäuse genauer unter die Lupe genommen.

Nach den Beobachtungen der Forscher habe sich besonders das Erbgut der Weißfußmäuse in New York verändert – womöglich verursacht durch die heutige westliche Ernährung, die zu einem großen Teil aus Fast Food besteht. Dies könnte die Entstehung einer neuartigen Weißfußmaus-Art begünstigen, die jetzt schon „Pizza-Maus" genannt wird.

Die „Pizza-Maus", die von einigen Forschern schon als neue Weißfußmaus-Art gehandelt wird, weist keinerlei Arterienveränderungen und Herzerkrankungen auf.

Unterschiede finden sich im Erbgut der „Pizza-Maus" gegenüber anderen Weißfußmausarten vor allem in den Bereichen, die für Stoffwechsel und Verdauung zuständig sind. Zudem haben „Pizza-Mäuse" eine vergrößerte Leber.

Die so genannte „Cheeseburger-Hypothese" besagt, dass einige Generationen von Weißfußmäusen in New York hauptsächlich von fettreichem Fast Food gelebt hätten und dass die Mäuse nur zwei Möglichkeiten gehabt hätten: Anpassung oder Aussterben.

Die Mäuse, denen es gelungen sei, die neuartige Ernährung zu verwerten und dabei gesund zu bleiben, hätten sich gemäß den Gesetzen der Evolution durchgesetzt.

„Geil, so mach´ ich das auch! Ich hol´ mir später ´ne Frau, die auch nur Fast Food isst. Dann krieg ich mit der Kinder, die auch nur Burger und so wollen – und dann wird jeden Tag bei Mc Donald´s, Burger King oder mal beim Pizza-Antonio bestellt!", freut sich Laurin.

Oma Ingrid kann sich nur ein schiefes Grinsen abringen.

„Aber bis es soweit ist, rufe ich dich immer mit dem Namen *Pizza-Maus*, wenn ich dich mal von der Schule abhole. Es sei denn…", Oma Ingrid hebt ihren Zeigefinger, „du kommst jetzt mit mir in die Küche und isst mit mir Gemüsestäbchen mit frischem Tsatsiki!"

Laurin erhebt sich schnaufend. Oma Ingrid! Die könnte glatt ein Buch mit dem Titel *Moderne Bestrafungen für Teenager* schreiben.

Missmutig lässt sich Laurin auf der Eckbank in der Küche nieder; sogleich serviert ihm Oma Ingrid gut gelaunt einen Teller mit Rohkost, geröstetem Vollkornbrot und Tsatsiki.

Gefügig tunkt Laurin ein Stück Staudensellerie in den Knoblauch-Gurken-Quark und stellt beim Abbeißen fest, dass der gesunde Imbiss seiner Großmutter doch nicht sooo schlecht schmeckt.

Die Pizza-Maus als Rechtfertigung für alle Fast-Food-Fans, wahr oder erfunden?

Vorsicht, liebe Leser*innen!

Die Medizin vertritt einstimmig die Ansicht, dass sich Fast Food definitiv nicht als dauerhafte Ernährung für die Spezies *Homo Sapiens* eignet, so anpassungsfähig wir Menschen auch sein mögen. Eine überwiegend pflanzliche Mischkost, ergänzt mit hochwertigen Proteinen und Fetten, wird allgemein als „artgerechte Fütterung" für uns Menschen angesehen.

Und nein, Laurin, Pommes mit Ketchup zählen nicht als vollwertiges Gemüsegericht!

Jedoch wurde in der New Yorker City tatsächlich Weißfußmäuse gefunden und untersucht, die fast ausschließlich von Fast Food lebten und sich dabei bester Gesundheit erfreuten.

Schnell wurden diese Mäuse als „Pizza-Mäuse" bezeichnet und manch ein Fast-Food-Fan wird wohl gedacht haben:

„Was die können, das kann ich auch!"

Ob die New Yorker Mäuse tatsächlich mittlerweile eine eigene Art darstellen, muss noch genauer untersucht werden. Bislang wurden nur knapp fünfzig Mäuse untersucht und diese Zahl reicht laut der Forscher für eine aussagekräftige Untersuchung noch nicht aus.

Grönland-Hai (Somniosus microcephalus)

Die Gesichter der Reisegruppe „Nordland" erbleichen, als die Kellner im Restaurant „Eriks Seafood" die Teller mit der zuvor noch freudig bestellten isländischen Spezialität in den Speisesaal tragen. Ein unbeschreiblicher Geruch wabert den zwanzig Gästen entgegen.

„Ohgottogott, das riecht ja wie ein Bahnhofsklo!", seufzt Monika und nippt vorsorglich an ihrem Schnaps. Das hatte sie schon im Reiseführer gelesen, dass ein Schnaps zum isländischen *Hákarl* dazu gehört.

„Ich sollte das als Pfarrer zwar nicht sagen, aber bei diesem Gestank wird ja die Hölle neidisch!", lacht Thomas und bemüht sich weiterhin um eine fröhliche Stimmung an der Tischrunde.

„Is everything okay?", fragt ein weißblonder Kellner.

„Yesyesyes!", stammelt der Pfarrer, "we are fine!"

Als erster nimmt der Geistliche ein großes Stück des appetitlich aussehenden Fischfilets in den Mund.

„Sieht ein bisschen aus wie geräucherter Heilbutt, ist aber angefaulter Hai!", bemerkt Monika.

Sie beobachtet den kauenden Mund des Pfarrers vorsichtig.

„Naja…, schmeckt wie Schinken, es geht eigentlich, aber … oh-oh-oh je!"

Plötzlich packt Thomas eine Papierserviette, spuckt verlegen die isländische Spezialität hinein und knüllt daraufhin Serviette samt Inhalt auf seinen Teller.

„Erst ging´s ja noch, aber dann kam dieser scharfe Nachgeschmack", ächzt er.

„Bahnhofsklo!", wirft Monika ein.

Der Appetit der Reisegruppe hat deutlich nachgelassen.

Nur noch wenige Teilnehmer kosten vorsichtig von der Spezialität, um sich im nächsten Moment gleich in die Papierservietten zu übergeben.

„Lasst uns lieber etwas anderes probieren!", schlägt Monika vor, „die haben hier was Besseres: *Fried Cod*, das ist frittierter Kabeljau!"

„Also Fischstäbchen!", ergänzt ihr Mann Heiko begeistert.

Eine große stämmige Frau mit einem fest geflochtenem feuerroten Zopf bringt lächelnd den duftenden goldbraunen Backfisch.

„Mannomann, der Frau fehlt nur noch ein Hörnerhelm!", meint Gerhard, der Älteste der Gruppe. Durch seine Schwerhörigkeit spricht er sehr laut und glaubt, dass alle anderen genauso schlecht hören würden wie er selbst.

„Nennen Sie mich Gudrrun!", lacht die Frau mit charmantem isländischem Akzent, „ich habe einige Jahrre in Deutschland gearrrbeitet. Ich bin die Rrestaurrantmanagerrin."

Gerhard zuckt betreten zusammen.

„Meine Vorrfahrren, die Winkingerrr, hatten niemals Hörrnerhelme. Die waren beim Kämpfen unprraktisch!"

Mittlerweile gibt die Reisegruppe anerkennend-mampfende Geräusche von sich. Der Kabeljau, frisch aus dem Atlantik, knusprig gebacken, ist eine wahre Delikatesse.

„Mögen sie unseren Hákarl nicht mehrr?", fragt Gudrun in die Runde.

Alle zwanzig Teilnehmer schütteln den Kopf.

„Nun, dann darrf ich doch… Zu schade zum Wegwerrfen!", sagt Gudrun, nimmt sich einen Teller mit Haifilet und steckt sich Bissen um Bissen in den Mund.

„Aaarrrr, das ist ein Essen für Wikingfrrrauen. Viel Eiweiß, viel Power und nurrr wenig Kalorrrien!"

Auf den Schnaps zur Verdauung verzichtet sie jedoch.

„Also ich weiß nicht, warum die Isländer fermentierten, also angefaulten Hai essen, wenn sie das Meer voller frischer Fische um sich haben!", wirft Thomas nach dem besten Kabeljau seines Lebens in die Runde.

„Keine Ahnung, aber über diesen Gammelhai hab ich was gelesen!", meint Monika und kramt ihren Reiseführer aus ihrer Handtasche hervor.

„Da steht´s !",sagt sie begeistert und beginnt vozulesen:

Hakárl…

… ist das fermentierte Fleisch des Grönland- oder Eishais. Diese Haiart kann bis zu 400 Jahre alt und etwa fünf Meter lang werden. Seine Färbung ist graubraun, seine Flossen im Vergleich zum riesigen Körper relativ klein. Der Grönlandhai kommt in den kalten Gewässern des Nordatlantiks vor. Er kann bis zu 2000 Meter tief tauchen und ernährt sich von Aas, Fischen und Robben. Insgesamt ist jedoch die Lebensweise des Grönlandhais nur wenig erforscht. Ob der große Hai Menschen

gefährlich werden kann, ist nicht klar bewiesen. Tatsächlich kommt es im kalten Lebensraum des Grönlandhais kaum zu Begegnungen zwischen Tauchern und Haien.

Das Fleisch des Grönlandhais ist roh giftig und kann daher ohne Fermentierung (längere Lagerung) nicht gegessen werden. Doch die streng riechende isländische Delikatesse Hákarl wird seit Jahrhunderten aus dem Fleisch des Grönlandhais gewonnen. Die Zubereitung des Hákarl erfordert viel Zeit:

Der Hai wird ausgenommen und gesäubert. Dann wird das Haifleisch in eine Grube mit grobem Kies vergraben und dort mehrere Monate liegen gelassen. Anschließend entnimmt man das Haifleisch und hängt es an der frischen Luft in eine so genannte Trockenhütte für weitere zwei bis vier Monate auf.

Zur Entstehung dieser merkwürdigen Spezialität ist zu sagen, dass die Isländer bedingt durch das raue Klima immer alles essen mussten, was sie in der Natur vorfanden. Gerade in den dunklen und stürmischen Wintermonaten, in denen der Fischfang oft lebensgefährlich war, kam es oft zu Hungersnöten. Vermutlich wurde in früheren Zeiten ein angeschwemmter, leicht verwester Grönlandhai aufgrund von Verzweiflung und Hunger verzehrt.

Wahr oder erfunden?

Ein riesiger, giftiger, uralter Hai, der erst nach einigen Monaten Lagerung verzehrt werden kann und der auch noch freiwillig gegessen wird? Alles klar, das ist eine Freakshow für echte Wikinger.

Doch so eine „Delikatesse" gibt es wirklich.

Haben Sie schon einmal überlegt, warum Reisen nach Island fast nur im Sommer angeboten werden? Selbst dann kann das Klima noch so rau sein, das sich die Mitnahme einer Steppjacke empfiehlt.

Dann stellen Sie sich mal im Gegenzug zum herben isländischen Sommer den Winter vor:

Tage voller Dunkelheit, Schnee und tosender Atlantikstürme. Bei einem solchen Wetter aufs offene Meer hinauszufahren und Kabeljau zu fischen, nur weil die lieben Kleinen Fischstäbchen für den Kindergeburtstag wollen, das grenzt an Selbstmord.

Also: Es wird gefälligst gegessen, was auf den Tisch kommt, oder was eben am Strand angeschwemmt wird!

Da darf man nicht so zart besaitet sein, vor allem, wenn die erste menschliche Besiedlung Islands durch die Wikinger erfolgte.

Als einmal im Winter ein großer Grönlandhai an Islands Küste halb verwest angeschwemmt wurde, müssen sich diese zähen Nordländer gefragt haben:

„Was haben wir zu verlieren?"

Da sie nach dem fragwürdigen Genuss des Meerestieres zumindest nicht ihr Leben verloren, behielten die Isländer das angegammelte Haifleisch als landestypische Delikatesse auf ihrem Speiseplan.

Interessanterweise kann das Fleisch des Eis- oder Grönlandhais nicht frisch verzehrt werden, da es mit giftigem Harnstoff versetzt ist. Erst die monatelange Fermentierung, die den Harnstoff als Ammoniak entweichen lässt, ermöglicht den (zweifelhaften) Genuss, der Nicht-Isländer immer ein wenig an ein Bahnhofsklo erinnert. Befürworter dieser regionalen Delikatesse argumentieren jedoch, dass Hákarl sehr proteinreich ist und man aufgrund des markanten Geschmacks nicht mehr davon isst, als man muss.

Kapitel 6

Invasoren – sie sind unter uns!

Wollhandkrabbe (Eriocheir sinensis)

„Nich genug, dat die Chinesen uns mit ihren Billigklamotten überschwemmen, jetzt ham wir auch noch die *Chinesische Wollhandkrabbe* im Rhein!", schimpft der passionierte Angler Gerhard Kowalski. Der 63-jährige Duisburger packt das Krebstier fachgerecht am Hinterleib und hält es mir entgegen. Die Scheren der etwa fünfzehn Zentimeter breiten Krabbe zwicken und zwacken nach rechts und links. Der Name „Wollhandkrabbe" ist passend gewählt, denn unterhalb der Scheren befinden sich dicke Büschel, die fast schon ein wenig an die Pompons von Chearleader-Mannschaften erinnern.

„Eine Pest sinn die Viecher, gehörn hier nich hin, vermehren sich schlimmer als meine schlesische Uroma damals", sagt Kolwalksi (der sich lieber mit seinem Nach-, als mit seinem Vornamen ansprechen lässt).

„Fressen tun die Biester alles, besonders gerne die kleinen Fische, die schon immer hier leben! Und wenn diese Krabbe die kleinen Fische frisst, wie soll man dann heutzutage noch mal ´nen ordentlichen

Flussbarsch angeln?", fährt der Duisburger verärgert fort, „nur blöd, dat man mit der Krabbe nix anfangen kann. Die Chinesen essen die, so sagt man, aber et gibt ja nix, wat die nich futtern, weisse ja!" Kowalski wirft die Krabbe angewidert zurück in den Fluss.

„Ich mach keine Viecher platt, es sei denn, se sind für den Topp", erläutert der Duisburger.

Dann verzieht Kowalski sein Gesicht zu einem missmutigen Ausdruck. Er wartet. Und wartet.

Ein schweigender Mann am Fluss.

Doch an der Angelrute zappelt nichts.

„Ich geb´s auf. Kein guter Angeltag. Ich geh´ bei Tinchen und hol´ mir ´ne Currywurst! Kommse mit?" Kowalski zeigt auf einen Imbisswagen mit der Aufschrift *Bettina´s Currywurst.* Ein Apostroph gehört einfach dazu, doch nein, soviel Häme hat der Imbiss der sympathischen Rheinländerin nicht verdient. Am Imbiss prangt ein rot-gelbes, offensichtlich neues Banner.

CURRYWURST – JETZT AUCH VEGAN!

„Auch das noch!", schnaubt Kowalski, „erst die China-Krabbe, jetzt noch veganer Fraß. Mit dem Niederrhein jeht et bergab!"

Eine chinesische Krabbe in unseren Flüssen, mit Puscheln an ihren Gliedmaßen, als wäre sie ein Chearleader?

Gib mir ein W, gib mir ein O, gib mir zwei L, gib mir ein H, gib mir ein A, gib mir ein N, gib mir ein D – lassen wir das...

Wahr oder erfunden?

Duisburger Angler (die durchaus Kowalski heißen könnten) wird es ärgern, aber die Chinesische Wollhandkrabbe hat sich schon seit über hundert Jahren in unseren Flüssen ausgebreitet.

Wie ihr Name vermuten lässt, stammt diese Krabbenart aus chinesischen Flüssen und wurde bei uns durch Frachtschiffe eingeschleppt. Bei uns hat die Wollhandkrabbe kaum natürliche Feinde, sobald sie ihre adulte Gestalt erlangt hat (die immerhin mit ausgestreckten Scheren eine Spannweite von bis zu 30 Zentimetern erreichen kann). In ihrer fernöstlichen Heimat gelten die Krabben als Delikatessen. Dort werden sie gekocht serviert. Wer ihren leicht salzigen Geschmack besonders schätzt, verzehrt sie pur, ansonsten sind dem Feinschmecker kaum Grenzen gesetzt, was die Auswahl an fernöstlichen Dipsoßen anbelangt. (Wäre doch mal etwas Anderes als immer nur Currywurst). Manche Fischer an der Havel bieten daher schon gekochte Krabben zum Verkauf an. Ein delikates und ökologisch wertvolles Essen, da sich die

Krabben ohnehin hemmungslos vermehren und so das Gleichgewicht der heimischen Arten gehörig durcheinander bringen.

Die Meerwalnuss (Mnemiopsis leidyi)

„Ich kenn´ einen, der kommt immer als erster in die „Krosse Krebsschere" und der geht auch als letzter, und der hat auf´m Meer vor Jahren so´n komisches Leuchten gesehn. Und seit dem er dat gesehn hat, da löpt alles schief bei uus. Weniger Fisch, weniger Krabben, nur noch diese Quallenviecher, so ganz andere, wie wir sie sonst kennen. Wenn ihr mich fragt, so ist da irgendwat faul. Vielleicht haben die Atommüll versenkt oder so wat, irgend so ein Ding von denen da oben, wat die wieder gedreht haben, nich wahr. Wo hat man dat schon gesehn, flache Quallen, die nach allen Seiten schimmern wie´n Regenbogen?", erzählt Fiete, Schollen- und Garnelenfischer in vierter Generation. Der rotgesichtige Mann mit dem grauen Seemannsbart nimmt einen kräftigen Schluck Grog.

Harald Johannsen, wissenschaftlicher Mitarbeiter des Meeresforschungsinstituts GEOMAR, hört aufmerksam zu. Manchmal musste man bei den Erzählungen der Einheimischen zu- und abtun, vor allem, wenn hochprozentige Getränke im Spiel waren. Da konnte ein Kabeljau schnell mal die Größe eines ausgewachsenen Pottwals erreichen, wenn mehr Rum als Tee im Grog-Glas war.

Doch tatsächlich hatten sich in den letzten Jahren Beschwerden der ansässigen Fischer über ein vermehrtes Aufkommen einer mysteriösen, bisher unbekannten Quallenart gehäuft, das leider auch mit einem Rückgang der Fischbestände einherging.

„So'n Schiet", meckert Fiete, „nur wieder so blöde Glitzerdinger im Netz drinne, aber die Schollen reichen gerade mal für den hohlen Zahn!"

Harald Johannsen runzelt bedenklich die Stirn. Das Netz ist voller exotisch schillernder Rippenquallen, nicht mit den bleichen Ohrenquallen zu vergleichen, mit denen er und seine Brüder sich immer als Kinder im Ostseeurlaub abgeworfen hatten. Der Körper der etwa zehn Zentimeter langen geleeartigen Tiere ist flach-walzenförmig und von regenbogenartigen schillernden Rippen durchzogen.

„Seitdem die Biester hier sind, fressen die alles wech, wie so'n S-taubsauger, nich war, die Fisch-Eier und die Larven. Wie soll man da noch schöne Schollen fangen, und Hering und Kabeljau!", schimpft Fiete, Betreiber des Amrumer Strandimbiss' FIETES FLOTTE FLUNDER weiter.

„Aber andererseits, wenn ich den Landratten-Touristen sage, dat is alles von hier gefischt, dann hau'n die dat auch wech. Hauptsache frittieren, Knoblauchmayo drauf, ein Glas Weißwein dazu für die Damenwelt und 'n Herrengedeck für die Kerle, dann krieg ich auch noch die Quallenviecher verkauft!"

Siegesgewiss bestäubt Flunder-Fiete in der heimischen Küche die Quallen mit Mehl, tunkt sie in Bierteig und wirft sie in das zischende Ölbad seiner Friteuse. Merkwürdig schauen die nun goldgelb gebackenen Meerestiere aus. Da muss zum Probieren lieber Ehefrau Elke ran.

Doch bei der Angetrauten stößt die neuartige Delikatesse auf wenig Gegenliebe.

„Dat is´ frittierte Grütze, dat klebt wie S-peise-s-tärke!", schimpft die Fischersfrau. Klebrig-weiße Fäden ziehen sich zwischen ihren gelben Zähnen.

„Wat nu, wir beiden? ´N Herrengedeck?", fragt Flunder-Fiete den Meersforscher.

Zu einem Bier mit Korn kann Harald Johannsen in diesem Moment nicht Nein sagen.

Eine neue Quallenart, die sich bösartig durch die Kinderstube unserer heimischen Meeresfische frisst? Entstanden durch die heimliche Verklappung von Atommüll? Oder andere, böse Kräfte von „ganz oben"? Wahr oder erfunden?

„Mz-mz-mz-mz! Hier kommt das Party-U-Boot aus America! Ich bringe Glam, Glow und Glitter in die dunklen Tiefen eurer Nordsee und Ostsee! Wenn ich mal ein paar Fischlarven zu meiner Stärkung wegfresse, dann seid mal nicht so mies drauf, ihr spaßfreien Öko-Deutschen! Yeah!"

So oder so ähnlich könnte die Meerwalnuss aus den Gewässern der nordamerikanischen Ostküste denken, wenn Rippenquallen denken könnten.

Gehen wir aber mal davon aus, dass sie es nicht können.

Wahrscheinlich spürt die durchscheinende, an ihren seitlichen Rippen pulsierend- leuchtende Quallenart nur:

„Oh geil! Wasser ist warm genug! Fischlaich! Futter! Überleben!"

Auch kam diese Quallenart in unsere deutschen Küstengewässer, ohne jemals dazu einen Plan gefasst zu haben. Sie schwamm einfach mit, ließ sich treiben – im Ballastwasser von Frachtschiffen.

Obi bonum ubi patriae: Wo es mir gut geht, da ist mein Vaterland (meine Lateinkenntnisse stammen aus Asterix-Heften, aber zum Klugscheißen eignen sie sich allemal), das muss auch die Meerwalnuss gefühlt haben, als sie sich an Europas Küsten breit machte. Vorausgesetzt, sie hätte jemals Asterix-Hefte gelesen.

1982 wurden erstmals Exemplare der zehn Zentimeter großen Meerwalnuss im Schwarzen Meer gesichtet. Natürliche Feinde waren kaum vorhanden, daher war eine weitere Ausbreitung bis hin zur unserer Nord- und Ostseeküste nur eine Frage der Zeit.

Die Vorliebe des leuchtenden Party-U-Boots aus dem fernen Amerika für Fischlaich (*Kaviar, yeah*) ist ein großer ökologischer Schaden für unser einheimisches Ökosystem.

Arme Fischlein, die eigentlich schlüpfen und einen neuen Lebenszyklus beginnen sollten, werden nun von einem glitzernden amerikanischen Feierbiest eingesogen und erbarmungslos verspeist.

Doch wie soll man einem grazilen, etwa 10 cm großen Meerestier auf die Spur kommen?

Hier liegt eine besondere Tücke des Objekts.

Soll man jeden Quadratkilometer von Nord- und Ostsee mit Schleppnetzen abfischen, um endlich die in tieferen Wasserschichten lebenden Rippenquallen abzufischen?

Keine gute Idee, denn Schleppnetze bedeuten auch den Tod von Seesternen, Muscheln, Dornhaien, Schollen, Nagelrochen, Kaltwasserkorallen und vielen anderen Meeresbewohnern.

Gift? Dynamitfischerei? Solche Ideen verbieten sich von selbst!

Wir wollen Waren aus allen Teilen der Welt und diese müssen zu uns transportiert werden.

Da die Teleportation bislang noch Science-Fiction ist, sind Containerschiffe immer noch das günstigste Transportmittel. Unnötig zu erwähnen, dass diese besagten Riesenschiffe mit ihrem Ballastwasser manchmal noch mehr in unsere Breiten bringen als billige Kleidung, Kaffeebohnen oder Plastikspielzeuge.

Vielleicht müssen wir daher lernen, mit tierischen Invasoren zu leben.

Frittiere es, kippe Knoblauchmayo drauf, einen Weißwein dazu – und ich esse es.

Es braucht vielleicht ein bis zwei Generationen, dann wird keiner mehr wissen, wie gut einmal eine panierte Scholle an Fietes Imbiss geschmeckt hat.

Die Reptiloiden (Homo sapiens var. Reptiliensis)

Gerade komme ich aus meinem Garten zurück, wo ich an diesem eiskalten Dezemberabend meine Brut in den Komposthaufen gekippt habe. Es mag herzlos klingen, aber ich möchte mich auf meine drei warmblütigen Nachkommen konzentrieren, die ich vor meiner Transformation in die Welt gesetzt habe. Alles andere übersteigt meine Kraft und meine finanziellen Ressourcen.

Mit der Corona-Impfung fing alles an. Zwar wurde ich von verschiedenen Quellen (Telespam u. ä.) vor dem womöglich das Erbgut verändernden Impfstoff gewarnt, doch gewohnt unbedarft dachte ich mir:

„Was soll's, du bist extrem kurzsichtig und hast eine Neigung zu Zahnstein und zu einer expotentiellen Gewichtszunahme, vielleicht ist dies auch eine Chance?"

Und so nahm meine Transformation ihren Lauf. Nach der ersten Impfung spürte ich eine Veränderung meines sonst so guten Appetits; weder Räucherlachs, Camembert noch Weißwein wollten mir schmecken. Als ich jedoch bei einer Fahrradtor ein Insekt auf meiner Zunge spürte, das sich dort zufällig verirrt hatte – *Mon Dieu!* Von nun an wusste ich, was meinen Gaumen zum Kitzeln brachte: Heimchen, Bienenmaden, Fruchtfliegen, Zoophobas,

Mehlwürmer, Argentinische Fauchschaben, Rosenkäfer – kein Zoofachgeschäft, dass ich in den vergangenen Monaten nicht aufgesucht hätte, verbunden mit wortreichen Erklärungen, warum ich dringend mindestens zehn Kartons voller Futterinsekten brauchte. Meiner Familie erklärte ich mein verändertes Essverhalten mit einer Darmsanierung, wie sie von der Zeitschrift CLEAN UP YOUR LIFE empfohlen wurde.

„Dann bleiben genug Pommes und Pizza für mich übrig", so kommentierte mein dreizehnjähriger Sohn achselzuckend meinen veränderten Lebensstil.

Mit der zweiten Impfung wurde es etwas schwieriger, weiterhin ein unauffälliger Teil unserer Gesellschaft zu bleiben. Um meinen Bauchnabel herum zeigten sich grünlich-schuppige Hautveränderungen. Da es mittlerweile Juli war und in meiner Familie Schwimmbadbesuche zur Routine gehören, wechselte ich meine Bikinis gegen Badeanzüge aus, was in meiner Heimatstadt aus ästhetischen Gründen auch niemanden empörte. Gott sei Dank bin ich mit einem toleranten Mann gesegnet.

„Ich find´ das Muster irgendwie schick an dir. Es gibt ja auch Leute, die bezahlen jede Menge Geld für rattenscharfe Schlangenleder - High Heels, und du hast so ein Muster für gratis am Bauch, Snakewoman!"

Leider jedoch wurde ich zunehmend von einen unangenehmen Kältegefühl am frühen Morgen geplagt, da sich mein Mann weigerte, die Heizung für die ganze Nacht auf Stärke Fünf aufzudrehen. Erst mein jämmerliches Bitten und Flehen brachte eine Wende in der familiären Energie-Sparpolitik. Mittlerweile ist der beste Ehemann auf Erden einsichtig geworden. Meine Seite des Ehebetts wurde (sparsam sind wir noch immer) auf *Ebay Kleinanzeigen* als Brennholz verkauft, und nun ist mein Schlafplatz ein riesiger Steinklotz, gekrönt von einer Infrarot-Wärmelampe. Wegen der Schwere des Feldsbrockens in unserem Schlafzimmer haben wir den Rat eines Architekten eingeholt. Dass dieser Sachverständige sein Okay gab, zeigt mir, dass mittlerweile selbst in meiner beschaulichen Heimatstadt viele Reptiloide unter uns weilen.

Mittlerweile hatte sich die grün schimmernde Echsenhaut auch auf mein Gesicht ausgeweitet. Doch ob ihr es glaubt oder nicht, beim Internet-Giganten ZONAMA gibt es eine erdrückende Fülle unterschiedlichster Latexmasken, mit denen man diese Besonderheit vor der noch nicht reptiloiden Bevölkerung verbergen kann. Was ebenfalls beweist, wie viele wir schon sind, hahahahahaha, muahahaha, wo waren wir?

Ach so, ja, meine fortschreitende Transformation zu einer höheren Lebensform.

Nach meiner dritten Impfung erreichten meine körperlichen Veränderungen eine zusätzliche Dimension. Ich hatte bereits Ausreden für meine klamme Körpertemperatur gesammelt („Mama friert ein bisschen in letzter Zeit"). Auch meine regelmäßigen Häutungen verstand ich in diskretem Rahmen durchzuführen.

Was mich jedoch extrem irritierte, war die Tatsache, dass ich Eier zu legen begann. Dies hatte ich zunächst aus reiner Bequemlichkeit in der Nähe unserer Wohnzimmerheizung getan, um dann mit Schrecken festzustellen, dass sich mir nach nur wenigen Stunden in widerwärtigen schleimigen Bewegungen exakte Kopien meiner selbst entgegen zu schlängeln begannen. Voller Wut, Angst und Überforderung begann ich, auf die wurmartigen, fiepsenden Kreaturen einzuschlagen, das Ergebnis glich einem 1980er Horrorfilm, bei dem niemals an Blut und grüngelbem Schleim gegeizt wurde. Nein, so etwas wollte ich nicht mehr erleben. Mein Mann, der seit einigen Wochen von meiner gespaltenen Zunge und meinen krallenartigen Fußnägeln abgeschreckt wurde, konnte für diese Art der Vermehrung nicht mehr verantwortlich sein. Wofür konnte diese eigenständige Art der Fortpflanzung stehen? Für eine Versündigung wider die Natur? Daher beschloss ich, meine - Gott sei Dank- diskret gelegten Eier dem harten Urteil des Vogelsberger Winters zu überlassen. Für einen kurzen Moment regte sich in mir meine sparsame hessische

Hausfrauenseele, die seit kummervollen, kargen Jahrhunderten in meiner DNA angelegt worden war:

Warum die bereits vorhandenen Eier nicht verwerten? Doch der moralische Anteil meiner Persönlichkeit fegte diesen Gedanken schnell hinweg. Ich bin reptiloid, aber nicht abartig. Das eigene Fleisch und Blut in Form eines cremig-fluffigen Rühreis zu verspeisen, das hätte den Zorn *aller* Götter (an die meine Vorfahren seit Anbeginn der Zeit glaubten) erzeugt.

So lebe ich nun seit meiner Veränderung jeden Tag mal schlecht, mal recht und versuche mein Leben zu gestalten. Manchmal gelingt dies mir ganz wunderbar, an manchen Tagen leider nicht, vor allem die Klon-artige Vermehrung stellt mich vor einige praktische und moralische Herausforderungen.

Warum ich ausgerechnet offenbar mit dem Genom des Jungferngeckos (der seinen Namen durch die so genannte Jungfernzeugung bekam)optimiert wurde, ist mir rätselhaft. Gerne wäre ich an einem Austausch hinsichtlich der reptiloiden Lebensweise interessiert. Ernst gemeinte Zuschriften sind unter

iguanalife @reptilerevolution.com willkommen.

Wahr oder erfunden?

Eine Vogelsberger Familienmutti entwickelt sich zum Echsenmenschen?

Wird unser öffentliches Leben bald von Reptiloiden übernommen?

Und was hat es mit dieser Jungfernzeugung auf sich? Solide Biologie oder verschwörungstheoretische Spinnerei?

Gibt es in Fleischereifachgeschäften bald nur noch Bienenmaden und Argentinische Fauchschaben?

Die klimaneutralen Insektenfresser sind unter uns! ARGH!

Moment. Erstmal Fakten statt Hysterie. Dröseln wir das durchgeknallte Geschreibsel rund um die hessische Echsenfrau der Reihe nach auf.

Der britische Ex-Fußballspieler David Icke vertritt die These, dass unsere Welt schon lange von einer Echsenmenschenrasse dominiert wird, mit dem Ziel, eine neue Weltordnung zu erschaffen. Ihm zufolge waren fast alle amerikanischen Präsidenten reptiloid, und auch die englische Monarchin Elizabeth II. ließ sich wohl eher Fauchschaben und Mehrwürmer als ein Gurkensandwich zu ihrem Afternoon-Tea schmecken. Auch die Corona-Pandemie sei ein erfundenes Lügenspektakel, das nur inszeniert würde, um von der bereits rasant voranschreitenden Neuordnung der Welt abzulenken. Auf eine logische Argumentation dieser brisanten zoologisch-politischen These verzichtet der Ex-Kicker hartnäckig. Echspertise (dieses Wortspiel musste einfach sein) wird ohnehin überbewertet.

Auch bei allen gängigen Buchshops können Sie das Buch DIE GEHEIME WELTHERRSCHAFT DER REPTILOIDEN des Ufologen Len Kasten erwerben, was nicht heißt, dass sie es sollten. Kasten zufolge versuchen die Reptiloiden schon seit Jahrtausenden, uns Menschen auf dem Planeten Erde zu unterjochen, andere Zivilisationen in fernen Sternensystemen wurden sogar schon längst von den Echsenmenschen ausgelöscht. Menschenähnliche Wesen, noch schlimmer als der Homo sapiens? Das muss man erstmal hinbekommen.

Dies ist wohl der Hauptgrund, warum ich die Echsenmenschen-Verschwörungstheorie definitiv für unwahr halte. Aber als Tierfreundin gefiel sie mir von allen bisher kursierenden Verschwörungstheorien in dieser verrückten Zeit am besten.

Im fernen Pazifik hockt ein Jungferngeckoweibchen bei Meeresrauschen zwischen Lianen, Palmen und Orchideen und blubbert gemütlich Eier mit seinem eigenen Chromosomensatz heraus. Kein Liebesspiel ist dieser Vermehrung vorausgegangen und in ein paar Wochen wuseln die kleinen Klone von Frau Mama durchs Unterholz.

Klar, wieder so eine völlig wirre Geschichte, vielleicht eine radikal-feministische Utopie? Kinder bekommen, ja gerne, aber bitte ohne die ewig nervenden Männer?

Mitnichten. Die so genannte Jungfernzeugung (wissenschaftlich Parthogenese) bezeichnet eine eingeschlechtliche Form der Fortpflanzung; eine Kombination der Erbanlagen, wie sie bei der zweigeschlechtlichen Fortpflanzung möglich ist, findet nicht statt. Stattdessen erzeugen die weiblichen Exemplare der zur Jungfernzeugung fähigen Echsen-, Rochen-, Schnecken- und Haiarten Klone ihrer selbst. Vermutlich ist diese alternative Form zur zweigeschlechtlichen Fortpflanzung ein Kniff der Evolution, um eine Art vor dem Aussterben zu bewahren, wenn zu wenige männliche Fortpflanzungspartner zur Verfügung stehen.

Abschließend möchte ich ein warnendes Statement zu Verschwörungserzählungen abgeben:

Im Winter (und Lockdown) 2020 spazierte ich abends mit meiner Familie durch das winterliche Büdingen, einer idyllischen Kleinstadt mit mittelalterlichem Flair. Leider war Büdingen eine der Orte meiner Heimat, die durch grauenvolle Hexenprozesse eine traurige Berühmtheit erlangten. Als neugieriger, historisch interessierter Mensch habe ich mich umfassend mit den Hexenprozessen meiner mittelhessischen Heimat befasst und kam zu einem Schluss, der mir das Blut in den Adern gefrieren ließ:

Die Aussagen der bedauernswerten Verurteilten (damals durch Folter im Sinne ihrer Peiniger erpresst) deckten sich 1:1 mit den Vorwürfen, die Personen des öffentlichen Lebens im Jahre 2020 im Zusammenhang mit der Corona-Pandemie gemacht wurden.

In beiden Zeitaltern hieß es, bestimmte Personen würden Übel über die Menschheit bringen, um sie lenken und beherrschen zu können. Man weiß auch, dass es über soziale Netzwerke immer wieder Aufrufe gab, Personen des öffentlichen Lebens aufgrund ihrer vermeintlichen Schuld zu ermorden.

Was will mir das sagen?

Anscheinende folgen Gehirne (leider) in Krisensituationen einem düsterem Motiv: Wir gegen die Anderen. In dunklen Zeitaltern, als es um Wasserquellen und Mammutherden ging, garantierte vielleicht diese etwas reduzierte Denkweise das Überleben unserer Art. Ich habe mir oft darüber Gedanken gemacht, warum unter all diesen vielen Menschenarten nur die Art des *Homo Sapiens* überlebt und unseren Planeten überbevölkert hat. Wir können nur hoffen, dass der Homo Sapiens mit seiner immerhin hohen Intelligenz sein extremes Feindesdenken überwindet, doch leider sieht es nicht danach aus.

Vielleicht wird es einmal so sein wie in dem alten Witz meines Großvaters:

Treffen sich zwei Planeten.

Sagt der Eine: „Du siehst nicht gut aus."

Sagte der Andere: „Ich hab´ den Homo Sapiens!"

„Ach, das ist nicht so schlimm, der geht vorüber!"

Zum Schluss

So gesehen ist das Buch noch nicht fertig. Einerseits sind weltweit noch lange nicht alle seltsamen Geschöpfe entdeckt, andererseits jedoch werden manche Geschöpfe schon ausgestorben sein, bevor sie von unserer westlichen Zivilisation entdeckt werden. (Dies ist einer der wenigen Sätze mit ernsthaftem Inhalt innerhalb meiner ganzen gefiederten, schuppigen, schleimigen, puschligen, glotzäugigen und stachligen Blödelei).

Zu guter Letzt gibt es auch noch die Fantasie – nicht nur meine, sondern auch Ihre. Versuchen Sie doch einmal, kreieren Sie ihre eigenen Geschöpfe. Diese Wortbausteine können Ihnen dabei als Inspiration dienen:

Baum	Krake	Vampir	Aal
schwarz		neuseeländisch	
Wurm	Höhlen	Echse	Zwerg
Riesen		Bauch	weiß
giftig	Tiefsee		Igel
stinkend		Engel	afrikanisch	Mücke

Und nun geht´s los:

Afrikanischer Weißbauchigel: Den gibt´s wirklich!

Neuseeländischer Tiefseezwergwurm: Sollte es ihn geben, ist er noch nie gesehen worden.

Er könnte auch ein Neuseeländischer Zwergtiefseewurm sein, dieser Wurmzwerg.

Weißer Baumaal: Ich habe immerhin im Ostsee-Urlaub schon mal eine dicke Raupe auf einem Ast fotografiert und Freunden dann ein Bild vom Usedomer Baumaal geschickt, den man traditionell mit Brot und Butter isst. Manche haben gefragt, wie so was denn schmeckt.

Baumaale, Afrikanische Weißbauchigel, Riesenchinchillas, Vampirtintenfische.

Was soll das Ganze bringen? Nichts.

Bringt es etwas, zu wissen, dass es zwar Glasfrösche, aber wahrscheinlich keine Botoxfrösche gibt?

Wahrscheinlich auch nichts. Aber ich hoffe, das Buch hat Ihnen ein bisschen Spaß gemacht.

Danksagung

Als im Frühling 2022 aufgrund bekannter tragischer Ereignisse das Hamsterverhalten der deutschen Bevölkerung erneut zunahm, als Öl, Nudeln, Klopapier und Mehl wieder in den Regalen knapp wurden, dachte ich mir:

„Hamsterkäufe! Was ihr alle könnt, das kann ich noch viel besser!" - und kam mit einer bunten Pappschachtel nach Hause, in der es verheißungsvoll raschelte.

„Sag, dass das nicht wahr ist!", schimpfte mein Mann, „du hast doch nicht schon wieder...?"

Ja, ich hatte schon wieder. Es war ja auch kein Riesen-Hamsterkauf, sondern ein kleiner Zwerghamsterkauf, mit grauweißem Fell, hoffentlich zu verzeihen, wenn er doch so klitzeklein war. Impulskäufe von possierlichen Nagetieren sind im Laufe unserer Ehe immer mal vorgekommen. Höchst verwerflich, denn die Anschaffung eines Haustieres sollte grundsätzlich mit der ganzen Familie besprochen werden.

Mein Mann verzieh mir jedoch (erneut) diesen Hamsterkauf, er bestand jedoch auf die Namensgebung. Als sich sein Mund zu einem H formte, zuckte ich zusammen, denn immerhin ist mein Mann Geschichtslehrer.

Danke, dass es einfach ein HARRY geworden ist.